그들만의 이야기

그들만의 이야기
이재숙 지음

초판 인쇄 | 2014년 05월 30일
초판 발행 | 2014년 06월 05일

지은이 | 이재숙
펴낸이 | 신현운
펴낸곳 | 연인M&B
기 획 | 여인화
디자인 | 이희정
마케팅 | 박한동
등 록 | 2000년 3월 7일 제2-3037호
주 소 | 143-874 서울특별시 광진구 자양로 56(자양동 680-25) 2층
전 화 | (02)455-3987 팩스 | (02)3437-5975
홈주소 | www.yeoninmb.co.kr
이메일 | yeonin7@hanmail.net

값 12,000원

ⓒ 이재숙 2014 Printed in Korea

ISBN 978-89-6253-155-8 03810

그들만의 이야기

이재숙 지음

틈틈이 써 놓은 수필 중에서 너무 오래 묵은 글은 솎아 내고 문예지와 기업
사보에 실렸던 글, 라디오 전파를 타며 가족까지 해외여행시켜 줬던 콩트,
공모전에서 상 받은 글을 모아 『그들만의 이야기』라는 제목을 달았습니다.
내 이야기만 담으려 했는데 송구하게 네 이야기와 우리 이야기까지 모두 담
게 되었습니다. 생각이 늙지 않는 글 쓰는 사람이고 싶습니다.

연인M&B

여는 글

   오래도록 따뜻하고 고운 글 쓰는 할머니로 나이 들고 싶은 작은 바람으로 글과 함께 시간을 보냈습니다.

   지천명의 나이에 올라서고 보니 차곡차곡 쌓아 놓은 글을 한 권의 책으로 묶고 싶은 큰 욕심이 생겼습니다. 당장 나서지 않으면 욕심이 달아날까 봐 더운 여름을 글 정리하며 도서관에서 지냈습니다.

   틈틈이 써 놓은 수필 중에서 너무 오래 묵은 글은 솎아 내고 문예지와 기업 사보에 실렸던 글, 라디오 전파를 타며 가족까지 해외여행시켜 줬던 콩트, 공모전에서 상 받은 글을 모아 『그들만의 이야기』라는 제목을 달았습니다. 내 이야기만 담으려 했는데 송구하게 네 이야기와 우리 이야기까지 모두 담게 되었습니다. 생각이 늙지 않는 글 쓰는 사람이고 싶습니다.

   안양여성문인회(화요문학)에서 선생님의 문학 강의를 들으면서 서울의 한 대학교 평생교육원에서 문예창작 수업을 들은 적이 있습니

다. 자기소개를 하는데 '안양'에서 왔다고 했더니 옆에 앉은 짝과 몇
몇 사람들이 안양에 역사가 오래된 이름 있는 문학 모임이 있다고 들
었는데 아느냐고 했습니다. 안양에 문학 모임이 여럿 있기는 한데 어
느 모임인지 아는 바가 없어서 잘 모르겠다고 했습니다.

그런데 그 문학 모임이 우리 '화요문학회'라는 사실을 2008년 30주
년 기념행사에서 알았습니다. 자랑스러웠고 더 열심히 써야겠다는 마
음을 갖게 되었습니다.

같은 공간에서 존경하는 시인 김대규 선생님의 수업을 자랑스러운
선배님들과 함께 들을 수 있어서 행복하고 감사합니다. 늘 같은 편이
되어 응원해 준 가족에게 고마움을 전합니다.

2014년 봄에
이재숙

차
례

여는 글 _ 04

1. 무궁화나무집

어머니와 휴대폰　　　　　　　　　　12

거꾸로　　　　　　　　　　　　　　16

무궁화나무집　　　　　　　　　　　21

나를 키운 고향, 신길동　　　　　　　26

귀신에 놀라고 아빠에 놀라고　　　　32

고입 연합고사　　　　　　　　　　34

수능시험장 스케치　　　　　　　　39

첫아이　　　　　　　　　　　　　　44

합기도　　　　　　　　　　　　　　47

군대 면회　　　　　　　　　　　　50

애썼다　　　　　　　　　　　　　　54

10년 같았던 1년　　　　　　　　　58

2. 1등의 기쁨

거저 얻어지는 것은 없다   66

S라인 몸짱 요리 콘테스트   70

1등의 기쁨   75

일요일엔 남편이 요리사   80

안양시 향토 음식 맛자랑 경연대회장에서   84

3. 그들만의 이야기

가족 여행   90

씨가축을 지켜라!   94

그들만의 이야기   99

추억 속의 대부도   104

동주염전을 찾아서   110

제부도 여행   115

한드미마을   120

모란시장   124

평촌 알뜰벼룩시장   127

그들의 모습이 아름답다   132

'겨울연가' 주인공 덕분에   135

4. 나도 DJ

올챙이 140

나도 DJ 144

나를 만들어 가는 즐거움 148

판소리 153

다이어트 수업 157

'녹천에는 똥이 많다'를 읽고 161

도서관에서 164

주부모니터 168

부업 172

벌초문화 176

바닥은 천장이다 181

5. 콩트

술꾼   186

신입사원과 노처녀 명희 씨   193

결혼용은 아니었어   198

Mr. 노   201

참 좋은 시절   205

아테네 올림픽, D-11일   210

6. 공모전 수상작

가스안전지킴이   214

호박김치   218

소비생활의 마침표   222

출산 · 양육 · 가족친화 슬로건   228

평촌 신도시로 놀러 오세요!   229

이천쌀문화축제   232

해설 _

생활 수필의 진실성과 자아실현 · 김대규   236

1
무궁화나무집

어머니와 휴대폰

"개하고 나만 휴대폰이 없어."

어머니를 뵈러 친정에 간 날, 어머니가 친구에게 걸려 온 전화를 받고 나서 흘린 말이라며 여동생이 귀띔해 준다. 어머니가 휴대폰을 갖고 싶어 한다는 것이다. 여동생의 말에 눈을 동그랗게 뜨고 정말 어머니가 그렇게 말씀하셨느냐고 묻고 또 물었다.

어머니 동네에 같이 노래교실도 다니고 모여서 10원짜리 민화투를 치며 지내는 친구들이 있다. 한 분씩 앞다투어 '영감이 사 줬네.', '아들이 사 줬네.' 하며 휴대폰을 장만하더니 남은 한 아주머니마저 딸이 사 줬다며 자랑 전화를 했다고 한다. 어머니는 딱히 휴대폰의 필요성 때문이라기보다는 다들 가지고 있는데 나만 없다는 것에 대한 섭섭함이 더 큰 듯했다.

칠순이 다 되신 어머니는 지금까지 '뭘 갖고 싶다.', '뭘 먹고 싶다.'는 표현을 하신 적이 없고, '엄마는 괜찮으니 너희들 먹어라.'는 말만 자주 듣고 자랐다. 어머니는 자식들 입에 음식 들어가는 걸 흐뭇하게 바라보곤 하셨다.

아버지가 좋아하는 음식이 갈비, 냉면, 팥죽, 떡, 감 등 셀 수 없지만 어머니가 좋아하는 음식은 아무리 눈을 굴리며 떠올리려 해도 잘 떠오르지 않는다. 어버이날이나 생신에 갖고 싶은 것이 있는지, 드시고 싶은 것이 있는지 여쭈면 당신 생각을 표현하는 아버지와는 달리 어머니는 "아이들 학비도 만만찮을 텐데 나는 괜찮다."라고만 해서 무얼 해 드려야 할지 자식들을 고민하게 했다. 항상 '나는 괜찮다.'로 일관하셨던 어머니가 휴대폰이 갖고 싶다는 내색을 했다면 이는 꼭 갖고 싶다는 뜻이다.

이동 중에도 전화를 걸고 받을 수 있는 놀랍기만 한 휴대폰이 처음 나왔을 때는 사회생활하는 이들의 전유물이었다. 하지만 지금은 남녀노소 휴대폰 없는 사람이 귀할 정도가 되었다.

휴대폰이 보편화되어 모두 들고 다닐 때에도 휴대폰 없이 지냈지만 불편함이 전혀 없었다. 그러다 식품회사의 주부모니터를 하게 되어 비상연락책으로 하나 마련하긴 했지만 편하다는 생각보다 오히려 짐이 된다는 생각뿐이었다. 내가 휴대폰 없이 오래도록 불편함을 모르고 살았던 것처럼 전업주부인 어머니 역시 관심이 없으신 줄 알았다. 휴대폰이야 있으면 편하지만 없어도 살아가는 데는 아무 지장 없는 물건이라고 생각했다. 어머니의 휴대폰 발언은 무척 반가운 일이었고 동시에 미안한 마음이 들게 했다.

"엄마, 휴대폰 필요해요?"

"아니, 뭐……. 그냥 괜찮다."

여전히 습관처럼 괜찮다고는 하지만 어머니의 어투는 예전과는 사뭇 달랐다. '뭐, 꼭 사 달라는 것은 아니다.'라고 말하던 TV 광고의 할아버지 같았다.

어머니가 꼭 갖고 싶어 하시니 사 드리자는 동생들의 말에 그 길로 휴대폰을 알아보러 다녔다. 이틀간 휴대폰 매장만 모여 있는 상가에서 발품을 팔았다. 진열대의 휴대폰들이 다양한 기능과 모양을 자랑하며 한껏 멋을 내고 있다. 종류가 너무 많아 고르는 게 쉽지 않다. 모양도 예뻐야 하겠지만 작은 글씨가 잘 보이지 않는 어머니에게는 액정화면과 글자 크기가 큰 것이 더 좋을 듯했다. 실버요금제로 계약을 하고는 개통하자마자 친정으로 달려가 어머니 손에 쥐어 드렸다.

"그냥 놔두라고 했더니……."

"엄마도 휴대폰 샀으니 이제 개만 휴대폰이 없네요."

어머니가 환하게 웃으신다. 휴대폰에서 눈을 떼지 않고 들여다보며 어루만지신다. 흡족해하는 어머니 모습을 오랜만에 보는 것 같다. 어머니를 바라보는 자식들 마음이 더 따뜻해졌다. 어머니에게 선물을 드린 것이 아니라 오히려 우리가 어머니에게 더 큰 선물을 받았다.

어머니가 사용하기 쉽게 사 형제의 휴대폰 번호를 단축키로 저장했다. 전화를 걸고 받는 거며 알람 맞추기 등 몇 가지 기본 기능을 알려 드렸더니 상기된 표정으로 기능을 하나하나 작동해 보이신다. 어머니가 둘러앉은 우리에게 전화를 걸어 보고 우리가 건 전화를 되받으며 전화 걸기와 받기 연습을 해 보았다. 어려워하실 줄 알았는데 기계 작동을 아주 잘 해내셨다. 누른 숫자가 액정화면에 뜨는 걸 신기해하는 어머니 입가에 웃음이 번진다. 휴대폰 요금이 집 전화 요금보다 비싸다고 사용 않고 모셔 두기만 할 것 같아 우리 형제들이 다달이 예금하는 통장에서 빠져나가게 했다고 미리 말씀드렸다.

한참 이야기를 나누던 어머니가 살며시 안방에서 건넌방으로 옮겨 가신다.

"괜찮다는데도 애들이 휴대폰을 해 왔네. 받아 적어요. 내 번호가……."

어머니의 통화 소리가 살랑살랑 안방으로 날아든다.

집에 와서 휴대폰 장만 기념으로 어머니 휴대폰으로 전화했더니 어머니 목소리에 아이 같은 밝은 웃음이 묻어 있다.

'하나는 열을 꾸려도 열은 하나를 못 꾸린다.' 는 말이 있다. 한 부모는 여러 자식을 정성과 사랑으로써 거느릴 수 있지만, 여러 자식은 한 부모를 모시기가 어렵다는 뜻이다. 어머니는 속마음을 읽어 가며 우리를 키워 내셨지만, 자식들은 어머니 마음 하나 알아차리지 못했다. 어머니는 좋아하는 것이 없는 분으로 여기며 그냥 지나쳐 온 세월이 길었다. 여유 없는 살림에 가족들을 위해 한발 뒤에 물러서 계시던 어머니 마음을 이제야 깨닫는다.

칠십 평생 무엇 하나 자신의 것이 없었던 어머니에게 당신만의 것이 생긴 날, 휴대폰을 손에 꼭 쥐고 잠을 청할 어머니 생각에 나도 쉬 잠이 들 것 같지 않다.

---

*『창작수필』 여름호 등단 글, 2008

거꾸로

외출하고 돌아오는 길, 빵집에서 풍겨 오는 빵 굽는 냄새에 끌려 돌아보니 흰 종이 위에 얹힌 노란 카스텔라가 눈에 들어온다.

"카스텔라 하나 주세요."

비닐봉지에 담겨 손끝에 매달린 카스텔라의 추억 하나가 앞뒤로 오가며 신나게 그네를 탄다.

39년 전 초등학교 6학년 때였다. 학교 운동장에서 내 또래로 보이는 남자아이가 구름다리에 두 발을 걸고 매달려 그네 타듯 상체를 앞뒤로 흔든다. 아이는 구름다리 앞에 있는 미끄럼틀이 뒤집혀 흔들린다며 거꾸로 매달려 으스댔다. 부러움에 곁눈으로 그 아이가 하는 걸 찬찬히 지켜보았다. 거꾸로 움직이는 미끄럼틀을 볼 욕심에 구름다리에서 살았다. 처음에는 용기가 나지 않아 구름다리에 매달려 오가기도 하고, 괜히 구름다리 위를 걸어 다녔다. 그러다 하루는 큰마음을 먹고 거꾸로 매달리기를 시도했다. 하지만 손을 놓는 건 결코 쉬운 일이 아니었다. '오늘은 미끄럼틀을 거꾸로 보고 말 거야.' 매번 다짐하지만, 결국 한 손을 떼고는 남은 손을 떼지 못해 실망만 안고 돌아섰다. 벌써 열흘이 지났는데 성과가 없다.

그날도 학교에서 돌아오자마자 책가방을 방에 휙 던져 놓고 길 건너 초등학교 운동장으로 달려갔다.

"어디 가니? 숙제하고 놀아야지!"

엄마의 고함에도 돌아보지 않고 운동장으로 내달렸다. 구름다리 위에 쪼그려 앉아 엉덩이를 아래로 내리면서 발을 구름다리 모서리에 걸고 한 손을 놓았다. 발목에 힘이 들어갔다. 숨을 깊게 들이마셨다. 오늘은 왠지 잘할 수 있을 것 같았다. 남은 한 손을 마저 놓았다. 그리고 그네를 타듯 몸을 앞뒤로 흔들었다. 땅이 하늘이 되고 하늘이 땅이 되었다. 거꾸로 뒤집어진 미끄럼틀, 그네, 시소가 내가 움직이는대로 따라 움직였다. '와! 정말 신기하다.' 기쁜 나머지 거꾸로 매달려 손뼉을 쳤다. 동생을 데리고 왔어야 했는데 아까웠다. 본 사람이 없는 성공은 성공이 아니었다. 자랑하고 싶은 마음에 집에서 숙제하는 여동생을 데리고 운동장으로 달렸다.

"나 좀 봐. 거꾸로 매달려 그네 타는 거 할 수 있다."

동생은 내가 구름다리 위를 걷는 것도 무서워 쳐다보지 못하는 아이인데, 구름다리에 발을 걸고 거꾸로 매달리겠다니 걱정스러운 얼굴로 그냥 집에 가자고 졸랐다. 하지만 동생 말은 귀에 들어오지 않았다. 불안해하는 동생을 옆에 세워 두고 씩씩하게 구름다리 위로 올라가 모서리에 발을 걸고 두 손을 모두 놓았다. 동생 입에서 놀라는 소리가 들렸다. "봐, 잘하지. 너도 해 볼래? 미끄럼틀이 거꾸로 보여. 이렇게 손을 놓고 그네를 타는 거야."

그네를 타듯이 몸을 앞뒤로 흔들려는 순간 '툭!' 하는 둔탁한 소리와 함께 거꾸로 보이던 미끄럼틀이 순식간에 사라졌다.

"언니! 언니! 엉엉엉!"

동생의 우는 소리로 보아 내가 조금 다친 게 아니라는 걸 알 수 있었다. 동생의 울음소리가 운동장에서 놀고 있는 아이들을 모두 불러 모았다. 코피가 뚝뚝 떨어졌지만 눈물은 나오지 않았다. 코를 움켜쥐고 운동장 구석에 있는 수돗가로 갔다. 구름다리에 모였던 아이들이 자석에 따라붙는 쇳가루처럼 따라와 나를 지켜보았다. 아이들이 웅성거리는 소리에 관리 아저씨가 뛰어와 휴지로 코를 막아 주며 얼른 집에 가라고 등을 떠밀었다. 겁이 많은 동생은 내 얼굴에서 시선을 놓지 못하고 집으로 오는 내내 서럽게 울었다.

"언니, 아버지한테 혼나면 어떡하지? 응응?"

"나, 표시 많이 나?"

"응, 코가 파래. 부었어. 입에서 피도 나."

숙제도 않고 나가더니 다쳐 왔다고 야단치실 텐데, 다쳐서 아픈 통증보다 아버지한테 야단 맞을 걱정이 더 컸다.

"나, 다친 거 아버지한테 이르면 안 돼."

방문을 살며시 열고 들어서는데 아버지는 아랫목에서 신문을 읽고 계셨다. 방에 들어서 윗목의 벽을 보고 누워 자는 척했다. 눕자마자 저녁 밥상이 들어오고 아버지께서 나를 부르며 밥 먹고 자라고 했다. 밥을 먹을 수도, 얼굴을 보여 드릴 수도 없어 기어들어가는 목소리로 안 먹는다고 했다. 아버지는 다시 밥 먹고 자라며 재차 말씀하셨는데 등 돌려 누운 채로 안 먹는다고 말했다. 아니나 다를까.

"밥은 먹지 않아도 어른이 말을 하면 일어나야지. 버릇없게 누워서는……."

등 뒤로 아버지가 다가오시는 게 느껴졌다. 더 버티고 있다가는 매를 벌 것이 뻔하다. 벌떡 일어나 돌아앉았다. 아버지는 어찌 된 일이냐며 물으셨고, 내가 뜸을 들이며 우물거리자 동생이 나서서 대신 말씀드렸다. 코는 퉁퉁 부어 멍이 퍼렇게 들고 입술은 터져 반은 붙어버렸다. 아버지는 화가 나서 부엌에 대고 큰소리로 엄마를 불렀다.

"숙제하고 집에 있을 일이지, 왜 돌아다녀!"

엄마는 속이 상하셨는지 야단부터 치고는 입술과 코에 오징어 뼈를 갈아 하얗게 발라 주셨다. 다들 밥상에 둘러앉아 저녁 식사를 하고 나는 깨진 입술 틈새에 빨대를 꽂아 흰 우유와 카스텔라를 먹었다. 동생들은 내가 부러웠는지 밥을 먹으며 곁눈으로 흘깃흘깃 돌아보았다. 흰 우유에 녹아내리는 카스텔라의 달콤한 맛이라니…….

얼마 전, 법정 스님의 '거꾸로 보기' 글을 읽게 됐다. 법정 스님이 가랑이 사이로 하늘을 보다 얻은 깨달음의 글이었다. 처음에 눈길이 간 곳은 쉽게 거꾸로 세상을 본 방법이었다. 그때는 왜 가랑이 사이로 하늘 볼 생각을 못하고 구름다리에 거꾸로 매달릴 생각만 했을까? 웃음이 나왔다. 법정 스님은 각도를 달리함으로 새로운 면과 아름다움을 찾아낼 수 있다고 했다. 상대를 바라볼 때 고정관념에서 벗어나 빈 마음과 열린 눈으로 본다면 시들함에 생기가 돈다고 했다. 초등학교 6학년 때 거꾸로 본 세상은 39년이 흐른 후 '거꾸로 보기' 글을 읽고 깨달음으로 정리가 되었다. 살아가면서 사람과의 관계에서 마음이 답답할 때 '거꾸로'를 떠올리려 한다. 거꾸로 보는 눈을 키워 상대의 처지를 생각하면 마음이 보드라워지고 이해의 폭이 넓어진다.

땅이 된 하늘에 거꾸로 매달린 미끄럼틀이 신기했다. 그 위에 거꾸로 앉아 줄지어 미끄러져 내려오는 아이들 모습은 동화책에서나 볼 수 있는 재미난 세상이었다.

이제 어린 시절로 되돌아갈 수 없고 지천명을 바라보는 나이에 구름다리에서 거꾸로 매달려 볼 자신도 없기에 거꾸로 보았던 그림이 소중하다. 거꾸로 보이는 운동장 그림 한 컷을 보기 위해 구름다리에서 떨어지는 통증을 감수했던 기억은 지금까지 새록새록 피어나 웃음 짓게 한다.

무궁화나무집

　내가 초등학교에 들어가기 전이었다. 우리 집은 대문 안에 다섯 가구가 살았다. 나무로 된 대문 앞에 키가 큰 무궁화나무가 있어서 동네 사람들은 우리 집을 '무궁화나무집'이라고 불렀다.

　대문에 들어서면 오른쪽으로 수돗가가 있고 거기에는 깊은 우물이 있었다. 우물 바로 옆으로 약간은 곰팡이 냄새가 나는 광이 있었는데 거미줄만 걸려 있을 뿐 아무것도 놓여 있지 않았다. 한여름 밤, 이집에 사는 아줌마들이 모여 우물물에 등목을 하다가 밖에서 대문 열라는 인기척이 들리면 잠시 몸을 숨기는 곳으로 쓰일 뿐이었다.

　광 위는 장독대로 쓰였다. 장독대 위에는 이 집에 사는 사람 수만큼이나 장항아리가 많았다. 백 일 동안 꽃이 피어 있다는 백일홍과 붉은 칸나 화분이 장독대의 한쪽을 차지하고 있었다.

　무궁화나무집에 사는 사람들은 모두 세 들어 사는 사람들뿐이었다. 모두 전세를 사는데 두 집이 월세를 살아 다른 동네에 사는 집주인이 한 달에 한 번은 꼭 다녀갔는데 항상 두 내외가 같이 오셨다. 아저씨는 양복을 입고 아주머니는 하늘색 한복에 하얀 양산을 들고 웃으며 대문 안으로 들어섰다. 집주인이라고 해서 듣기 싫은 소리를 한다거나 언성을 높이는 일은 없었다. 집주인 내외가 집을 둘러보고 나가면 엄마는 신문지로 둘둘 만 소고기를 건네주는 것으로 마음 편히 사는 것에 대한 고마움을 전했다.

담 너머 이웃 아주머니는 사사건건 간섭하는 집주인의 잔소리에 살 수가 없다며 세입자들만 모여 사는 무궁화나무집 사람들을 부러워했다. 특히, 수돗물로 인한 집주인의 늘어지는 잔소리를 못 견뎌했다. 식구 수를 계산해서 물값을 내는데 행여 물을 그냥 하수구로 흘려보냈다가는 당장 방 빼라는 소리를 듣는 게 예사였다. 세 들어 사는 사람들은 물을 넉넉하게 쓰지 못하는 공통된 불만을 갖고 있었다. 우물이 있어 물을 마음 놓고 쓰는 거며 우물물로 부업을 해서 반찬값을 버는 것 또한 이웃의 부러움을 샀다. 우물이나 펌프가 있는 집에만 일을 주기 때문에 마늘 까는 일은 누구나 할 수 있는 부업이 아니었다. 무궁화나무집 사람들만의 특권이었다.

하루 전날, 크고 넓은 그릇에 마늘을 수북이 담고 우물물을 넘치도록 부어 놓으면 밤새 껍질이 불어서 손으로 슬쩍 비벼 주기만 해도 쉽게 벗겨졌다. 우물물이 일손을 반 이상 덜어 주는 셈이다.

무궁화나무집에 다섯 가구가 살긴 했지만 월세 사는 두 집은 친해질 새도 없이 자주 이사를 들고 나서 누가 살았었는지 기억이 없다. 무궁화나무집 안채는 넓은 마루와 다락이 딸린 방이 있는데 세를 사는 집들 중에 형편이 좀 나은 미순이네 여섯 식구가 살았다. 미순이네 아버지는 손재봉틀을 자전거에 싣고 다니면서 파는 일을 하셨다.

엄마는 미순이네가 세 들어 사는 집 중에 제일 부자라고 했다.

문간방에는 딸 다섯에 끝으로 아들을 둔 영철이네 여덟 식구가 한 방에 살았다. 아저씨는 연탄 공장에 다녔는데 일주일에 한 번 집에 오셨다. 제일 큰언니는 초등학교만 졸업하고 라면 공장에 다니며 돈을 벌었다. 동생들이랑 그 집에 놀러 가면 큰언니는 책상 서랍에서 반짝반짝 빛이 나는 새 라면땅 봉지를 한 뭉치 꺼내 자랑했다. 공장에서 몰래 숨겨 가지고 나온 것이라고 했다. 큰언니는 자랑 끝에 라면땅 봉지를 몇 장씩 나누어 주면서 검지를 세워 입술에 대고는 "쉿! 이 얘기는 절대 비밀이야." 하며 낮은 목소리로 겁을 주었다.

우리 집은 동네에서 구멍가게를 했다. 이른 아침 엄마는 상보를 덮은 아버지 아침상을 방에 들여놓고 집에서 조금 떨어진 가게로 나가셨다. 엄마를 따라가면 주인도 없는 가게 앞에 그날 팔 두부 모판이 먼저 와서 기다렸다. 엄마는 당신 키보다 큰 나무 문짝을 하나씩 옆으로 밀어 걷어 낸 뒤, 한쪽 벽에 문짝을 모두 겹쳐 세워 놓았다.

오가는 사람이 거의 없는 이른 아침, 찻길 쪽에서 자전거 한 대가 소리도 없이 미끄러져 가게 앞에 섰다. 극장 예고 프로를 붙이는 남자다. 그 남자는 항상 그랬던 것처럼 세워 둔 나무 문짝에 곧 상영될 영화 프로를 한 장 펴서 올려놓은 뒤, 주먹보다 더 큰 스테이플러로 꾹꾹 눌러 붙였다. 그리고 주머니에서 극장표를 꺼내 엄마 손에 건네주고는 아래 동네에 있는 구멍가게 쪽으로 휑하니 자전거를 타고 사라졌다. 엄마는 공짜표를 얻어도 손님들에게 나누어 줄 뿐 한 번도 영화 구경을 가지 않으셨다.

무궁화나무집에서 멀지 않은 곳에 마카로니를 튀겨 파는 집이 있었다. 입에 넣고 한두 번 씹으면 침에 녹아 씹을 것도 없는 수레바퀴 모양의 누런 색 과자. 미순이와 함께 내 동생들을 데리고 그 집에 자주 놀러 갔다. 작은 방에서는 아주머니와 할머니들이 튀겨 낸 과자를 수북이 담은 대나무 소쿠리를 가운데 두고 둥그렇게 둘러앉아 포장하는 일을 하고 계셨다. 투명 비닐봉지에 과자를 넣고 봉지 입구를 촛불에 지져 붙이는 일이었다.

우리는 어른들 틈에 끼어 비닐봉지에 과자 담는 일을 거들었다. 말이 도와주는 것이지 실은 군것질거리가 궁한 터라 부서진 과자를 얻어먹는 재미에 그곳에 자주 갔던 것이다. 어른들은 어린것들이 놀러 와 재잘재잘 떠들고 오물오물 먹는 것이 예뻐서 과자를 축내고 가는데 주머니마다 불룩하게 채워 주셨다. 쪽마루에 앉아 신을 챙겨 신고 있으면 "내일 또 일 도와주러 오너라." 하고 이르셨다.

빗소리가 들리면 미순이랑 나는 하늘색 비닐우산을 꺼내 들고 대문 문턱에 걸터앉아 무궁화나무를 올려다보며 꽃이 떨어지길 기다렸다. 비 맞은 꽃이 꽃잎을 오므리고 떨어지면 입고 있던 치마 앞자락에 잔뜩 주워 담았다.

무궁화 꽃은 멋진 소꿉놀이 감이었다. 꽃으로 밥을 하고 빨간 벽돌을 갈아 만든 고춧가루에 꽃잎을 넣어 김치도 만들었다. 비가 그치고 소꿉놀이가 시들해지면 고무줄 한쪽을 무궁화나무에 묶고 '정이월 다 가고 삼월이라네.' 로 시작하는 고무줄 노래를 부르며 놀았다. 고무줄놀이는 둘이서는 할 수 없지만 무궁화나무와 함께라면 문제없었다. 학교에서 돌아온 아이들이 무궁화나무 앞으로 모여들면 '무궁화 꽃이 피었습니다.' 놀이를 했다. 술래가 무궁화나무에 얼굴을 묻고 '무궁화 꽃이 피었습니다.'를 외치고 뒤돌아보며 움직이는 아이를 잡아냈다. 술래에게 잡히지 않으려면 술래가 뒤돌아보기 전에 빠른 걸음으로 걸어가 손으로 무궁화나무를 치면 되었다. 아낌없이 주는 나무를 닮은 무궁화나무, 무궁화나무가 없는 집은 상상할 수도 없었다.

어느 날, 주인집 내외분이 다녀가신 뒤에 어른들의 얼굴에 그림자가 내려앉았다. 집을 헐고 새로 집을 지어 집주인이 들어와서 살 거라고 했다. 나는 무궁화나무와 헤어져야 한다는 사실이 믿어지지 않아 무궁화나무 허리에 팔을 걸고 어지러울 때까지 맴을 돌았다.

무궁화나무집 사람들은 방을 얻는 대로 한 집씩 이사했다. 훗날 다시 만나자는 언약도 없이 헤어졌다. '무궁화나무가 없으면 어떻게 놀지?' 염려하던 일곱 살 꼬마는 세월의 언덕을 넘어 무궁화나무보다 더 큰 어른이 되었다.

베푸는 법을 가르쳐 준 무궁화나무, 무궁화나무와 함께했던 어린 시절이 그립기만하다.

나를 키운 고향, 신길동

읽던 책을 급히 덮고 집을 나서게 된 건 책에 적힌 글귀 때문이다. 작가는 책에서 '결혼해서 분가하기 전까지 나는 신길동에서 살았는데, 그곳에는 우신극장이라는 조그만 영화관이 하나 있었다.' 라고 적고 있다.

서울 영등포구 신길동 우신극장 부근은 결혼하기 전까지 살던 곳이다. 아버지가 충남 예산에서 나를 낳고 다섯 살이 되던 해에 이 동네로 이사했다고 한다.

"충남 예산에서 태어났지만, 너무 어릴 적에 서울로 이사해서 예산에 대한 기억은 없고, 다섯 살부터 결혼할 때까지 신길동에서 쭉 살았고, 본적(本籍)은 아버지 고향인 경기도 화성시 장안동……."

누가 고향이 어디냐고 물을 때면 늘 앞세우는 말이다. 신길동은 꽃피는 산골은 아니지만, 성인이 될 때까지 나를 키운 고향 같은 동네이다. 오랜 세월이 흐르는 동안에 얼마나 많이 변했을까.

버스와 전철을 타고 다시 마을버스로 갈아탔다. 창밖을 두리번거리며 내다보니 삐쭉이 무리지어 솟은 아파트가 낯설다. 눈살을 찌푸리곤 이내 무궁화나무집을 떠올린다. 환하게 웃던 주인아주머니의 미소가 뒤따른다. 무궁화나무 허리에 고무줄을 묶고 고무줄놀이를 하던 미순이네 소식도 궁금하고, 동네 소식을 제일 먼저 전해 주던 우물도 보고 싶다. 한 줄로 걸어가야 하는 좁은 골목길도 스쳐 간다.

한동네에서 서너 집을 옮겨 가며 살았는데 무궁화나무집에 살던 때가 가장 많이 생각난다. 무궁화나무집에는 주인은 없고 세를 사는 이들만 다섯 가구가 모여 살았다. 젊은 사람들이 사느라고 애쓴다며 이사 가라는 말 하지 않을 테니 걱정하지 말고 부지런히 돈 모아 집 사서 나가라는 주인아주머니의 선심에 세 든 사람들끼리 정을 붙이며 가족처럼 살았다. 어른들은 김장도 한날을 잡아 같이하고 광목에 풀을 매겨 안채 넓은 마루에 둘러앉아 다듬이질도 같이했다. 떡을 해서 집집이 나누어 먹으며 그 집에서 마음 편히 지냈다. 모두가 마음 따뜻한 주인아주머니 덕분이었다.

그런데 자기 집을 마련하기도 전에 모두 그 집에서 이사를 나와야 했다. 같이 세 살던 무궁화나무집 식구들과 눈물의 이별을 하고 모두 흩어졌다. 마당에 있는 우물이 내려앉았기 때문이다. 주인아주머니는 집 사서 이사 가는 걸 보고 싶었는데 이렇게 내보내게 되어 미안하다며 섭섭해했다. 이내 무궁화나무와 무궁화나무집이 헐리고 새집이 들어섰다. 주인아주머니는 새집에 들어와 살았는데 가게 자리에서 소일 삼아 구멍가게를 했다.

네 가구는 모두 트럭으로 이사를 했고 우리는 엎어지면 코 닿을 곳으로 손수레 이사를 해서 무궁화나무집 주인아주머니가 하는 가게에 자주 드나들었다. 엄마 심부름으로 바가지를 들고 콩나물 사러 가면 아주머니는 "엄마 심부름 왔니?" 하며 콩나물을 넉넉히 담아 주셨다. 콩나물 바가지를 들고 가게에서 나오면 언제나 뒤따라 나와 가는 뒷모습을 따뜻한 눈길로 바라봤다.

버스에서 내렸다. 다행인지 살던 동네는 변한 것이 없어 보였다. 낮은 건물, 좁은 길, 늘어진 전깃줄이 옛 모습을 떠올리기에 충분했다.

70년대 이 동네에는 자기 살림집을 일터로 삼아 소규모로 공장 하는 집이 많았다. 찻길 건너 우신초등학교 옆에는 아이스케이크를 만드는 공장이 있었다. 포도 한 알을 껍질째 넣고 얼려 만든 포도 아이스케이크가 아이들에게 인기였는데, 가끔 포도가 두 알 박힌 아이스케이크를 만나면 입이 함박만해졌다.

동네로 들어서면 두부 만드는 집이 있었다. 이른 새벽에 더운 김을 뿜어내며 뜨거운 두부를 만들어 냈다. 편물집에서는 '철컥! 철컥!' 기계 소리가 났고 이따금 사람 도움을 받아 가며 저 혼자 털옷을 짜 냈다.

동네가 항상 분주하고 활기가 있었다. 그런데 언제부터인가 동네가 조용해졌다. 산업의 발달로 큰 공장이 생기고 소규모 공장에서 하던 일들이 큰 공장으로 자리를 옮겨 간 것이다.

동네 입구에 들어서니 구멍가게가 마주 보인다. 아직도 아주머니가 가게를 하고 계실까? 하지만 세월이 얼마인데 주인이 바뀌었을 거라는 생각에 조심스럽게 가게 문을 열었다. 인기척에 가게에 딸린 방문이 열리고 연세 드신 아주머니가 얼굴을 내민다. 흰머리에 세월이 보이지만, 한눈에 무궁화나무집 주인아주머니라는 걸 알 수 있었다. 하늘색 한복을 곱게 입고 나무 대문을 들어서며 환하게 웃던 바로 그 아주머니다. 가게 안에 들어선 나를 바라보며 아주머니가 고개를 갸우뚱하더니 "내가 아는 사람인데 누구더라." 하며 방에서 나와 손부터 덥석 잡는다.

마흔 고개를 넘어선 내 모습에서 어릴 적 구멍가게 앞을 오가던 나를 본 것일까? 아니면 내 얼굴에서 우리 부모님의 얼굴을 발견한 것일까?

"네, 저 재숙이에요."

"오래전에 여기 살던, 재숙이네. 그래, 그래."

그런데 아주머니 표정이 어색하다.

"얼마 전에 얼굴에 바람이 왔어. 지금보다는 더 심했는데 많이 나아진 거야."

아주머니 입이 조금 돌아가 있다. 하지만 여전히 웃는 얼굴이다. 아주머니의 얼굴은 변했지만 환한 미소가 고우시다.

두부 공장 하던 집도 아저씨가 돌아가시자 슬하에 자식이 없던 아주머니는 정 붙일 곳이 없었는지 이 동네를 떴고, 이발소 큰아들은 개인택시를 하는데 가끔 동네에 들러 얼굴을 내민다고 했다. 고무줄 친구였던 미순이 소식은 들을 수 없었다. 짙은 색의 두꺼운 비닐로 꽁꽁 싸맨 우물은 오랜 세월 사용하지 않아 먼지를 두껍게 이고 옛자리를 지키고 있다.

긴 세월을 이야기하는 동안에 가게를 찾는 손님이 없다. 동네마다 대형할인점이 들어선 탓이다. 제과점에서 사 온 케이크를 전하니 "뭘 이런 걸 사 와. 찾아준 것만도 고마운데." 하며 그냥 보내면 섭섭하다고 음료수 냉장고에서 바나나 우유를 꺼내 주신다. 고맙게 받아 마시고 가게를 나오는데 친정엄마처럼 밖에까지 나와 배웅해 주신다. 엄마 심부름으로 콩나물을 사러 갔을 때처럼.

가게를 나와 어릴 적에 다니던 골목길을 구석구석 되짚으며 쏘다녔다. 초등학교로 연결된 골목길은 같은 동네 친구들과 함께해서 심심치 않았고, 엄마 손잡고 시장으로 가는 골목길은 입에 침이 고이게 하고 발걸음마저 통통 튀게 했다. 엄마는 장을 보고 나면 순대 골목에서 순대를 사 주시곤 했다.

어릴 적에는 끝을 알 수 없는 큰 동네로 여겼었는데, 다시 찾은 신길동은 두 팔을 넓게 벌려 끌어안으면 안을 수 있을 것 같이 작은 동네였다. 동네를 돌아보는 동안 축지법을 쓰며 산에서 내려오는 스님 발걸음이 된 것 같았고, 걸리버 여행기에 나오는 거인이 된 것도 같았다. 주인아주머니가 살고 계셔서 동네를 돌아보는 내내 따뜻한 훈김이 느껴졌다. 아주머니의 따뜻한 마음도, 살던 동네도 여전해 고마웠다.

곧 동네를 밀어내고 아파트가 들어선다고 온 동네가 시끄럽다던 아주머니 말씀이 마음에 걸린다. 윗동네와 아랫동네로 연결된 골목길이 사라지고 전혀 다른 모습으로 변하는 것은 여간 섭섭한 일이 아니다.

세월이 흘러 나이가 들수록 신길동이 그리울 것이다. 동네를 돌아보며 찍은 사진을 인화해 친정 식구들과 나누어 보며 20여 년 전의 옛이야기에 푹 젖어들고 싶다. 흘러간 시간은 되돌릴 수 없기에 소중한 그리움으로 남는다. 신길동의 추억은 나이를 먹지 않는 영원한 고향이다.

귀신에 놀라고 아빠에 놀라고

두 딸이 초등학교 다니던 어느 여름날이었다.

무더위가 기승을 부리는 여름이면 TV에서 납량 특집으로 소름이 오싹하고 머리발이 서는 귀신 이야기를 자주 방송한다. 납량 특집은 우리 가족의 더위를 식혀 주는데 큰 역할을 하고 있다.

더 무서운 분위기를 만들기 위해 커튼을 치고 집안의 불을 모두 끄고 어두운 거실에 모여 TV를 본다. 긴장과 공포 속에 괴기스런 음악이 흐르면 아이들은 침을 꿀꺽 삼키고 온몸에 힘을 주고 있다. 이때 애들 아빠는 짓궂게도 "얏!" 하는 큰소리와 함께 아이들의 얼굴을 향해 손을 쭉 뻗는다. 두 딸은 TV 안의 귀신보다 아빠의 큰 손이 더 무서워 기겁을 한다.

귀신에 놀라고 아빠 큰 손에 놀란 밤이면 아이들은 도저히 자기 방에 들어가 잠 잘 용기가 나질 않아 딱 하룻밤만 같이 자자고 졸라 댄다. 애들 아빠와 나는 못이기는 척 거실에 이부자리를 펴고 아이들

과 잠자리에 누워 무서운 귀신 이야기로 더운 밤을 샌다. 푹푹 찌는
여름밤이 겨울 날씨처럼 서늘하다.

고입 연합고사

20여 년 전 안양으로 이사를 했는데 안양 지역은 연합고사를 치르고 고등학교에 간다는 것을 알게 됐다. '초등학교 3학년 큰아이가 고등학교에 갈 무렵이면 평준화가 되겠지.' 하는 막연한 기대에 큰 걱정은 하지 않았다. 그런데 큰아이가 중학교 3학년이 된 그 이듬해부터 일명 뺑뺑이를 돌려 학교를 배정 받는 고교평준화가 시행된다는 발표가 났다. 1년 차이로 큰아이는 안양에서 연합고사를 보는 마지막 세대가 되었다.

대학교 입학시험은 어느 정도 사고가 생긴 후에 보는 시험이라 감당이 되지만, 16살 중학교 3학년 학생에게 고입 시험은 가혹한 일이다. 고입까지 어린아이에게 큰 짐을 지어 줄 수 없다며 고교평준화가 된 서울로 이사한 집도 꽤 있었다.

내신 점수는 중학교 1학년 성적이 20%, 2학년 30%, 3학년 50% 해서 150점 만점에 출결 점수 20점, 봉사 점수 20점, 수상 경력 10점을 더해 200점 만점이다. 여기에 100점 만점의 연합고사 점수를 합해 당락이 결정되는데 안양권 학생들이 고입 시험에 더 부담을 갖는 이유가 있다. 안양은 광명, 시흥, 안산, 군포 쪽 학생들까지 지원을 받기 때문에 학교마다 지원자가 몰려 안양에서만 700여 명이나 떨어지게 된다. 그런데 안양에는 후기 시험이 없어 멀리 안산, 광명, 수원에 있는 학교에서 후기 시험을 치고 그 학교에 다녀야 한다.

타 지역으로 가지 않으려면 중학교 내신 관리를 잘해야 하기에 학교 시험이 다가오면 아이가 힘들어 한다.

"아, 안 외워져. 안 외워져."

중얼거리며 거실로 방으로 왔다 갔다 하니 시험 기간만 되면 왠지 TV를 켜면 안 될 것 같은 분위기다.

"엄마, 식탁 위에 놔두었던 도덕 답안지 못 봤어요? 이게 어디로 갔지."

아이가 새벽 1시에 자는 사람을 깨워 답안지를 찾는다. 우리에게 답안지를 찾아 달라고 한 것도 아닌데 얌전히 침대에서 내려와 책꽂이와 책상 위에 쌓아 놓은 책을 들춰 가며 도덕 답안지를 찾고 있다. 겨우 답안지를 찾아 주고 나면 잠은 이미 달아나고 남편과 거실에 멍하니 앉아 있다.

간밤에 수학 문제를 풀었는데 안 풀리는 문제가 있다고 아침 일찍 일어나서 아빠를 깨워 달라고 한다. 답안지를 찾다가 늦게 잠이 든 남편을 억지로 깨우면 졸린 눈을 비비고 하품을 연신 해대며 침대 위에서 수학 문제를 풀어 준다.

"처음에는 소수, 나중에는 6의 배수. 자! 1은 아니냐? 몇 개야? 소수는?"

"7개, 아니 8개."

"그래, 8개 맞네. 6의 배수는 몇 개야?"

"3개."

"그래, 3개지. 이렇게 쉬운 걸 왜 물어 봐. 떵순아."

아이는 쉬운 걸 어렵게 생각했다며 웃는 얼굴로 허둥지둥 학교로 내뺀다.

아이는 가수 조성모를 좋아해 컴퓨터 바탕화면도 조성모 사진으로 깔아 놓고 공부가 잘 되지 않을 때는 CD를 틀어 놓는다. 음악을 듣다가 습관처럼 하는 말이 있다.

"내가 커서 교육부 장관이 되면 학교 시험을 줄이고, 시험문제를 이렇게 낼 거야. 다음 중에서 조성모의 2집에 실리지 않은 노래는? 1번 슬픈 영혼식, 2번 You & I, 3번 상처, 4번 불멸의 사랑, 5번 화살기도. 정답은 4번 불멸의 사랑입니다. '불멸의 사랑'은 조성모의 1집에 있는 노래입니다. 이런 문제만 나오면 100점인데."

이런 말도 안 되는 소리를 하며 웃는다. 나름대로 스트레스를 푸는 방법이다.

3년 동안 공부 열심히 하고 경시대회도 참가하고 유치원과 노인정에서 봉사활동도 하며 결석 없이 받은 점수로 고등학교에 지원하고 2000년 12월 14일에 고입 연합고사를 치렀다. 아이를 학교에 들여보내고 교문 밖에서 서성이다 학부모들이 하나 둘 교회나 성당으로 기도하러 간다며 자리를 뜬 후에 집으로 돌아왔다.

시험을 보고 온 아이가 1교시에 답지를 밀려 써서 답지를 새로 받아 고쳐 쓰기는 했는데 제대로 표시했는지 모르겠다며 굵은 눈물을 뚝뚝 흘렸다. 밀려 쓰지 않고 평소대로만 하면 된다고 마음으로 기도하며 애가 닳았는데, 먼 곳으로 학교를 다녀야 하는 일이 생기면 어쩌나 걱정이 되었다.

"엄마, 합격!"

학교에 간 아이가 집으로 전화를 했다.

"잘했어. 참 잘했어."

아이 목소리가 통통 튄다. 한시름 덜었다. 남편도 걱정 안 했다고 하고, 어머님도 합격할 줄 알았다고 하신다. 아이가 합격했다는 말 끝에 어머님이 평소에 즐겨 하시던 아들 자랑을 하신다.

"참, 아들 셋을 시할아버지, 시아버지의 심한 반대에도 방을 얻어 서울로 올리고 경기고, 경복고, 서울고를 다 보냈어. 아들 셋을 이렇게 보낸 집도 없지, 아마. 명문대 합격에 대기업 취직도 척척 하고."

손녀 칭찬을 하시는 듯, 아들 자랑하시는 어머니는 옛 일을 추억하며 당신이 한 일을 대견해 하셨다.

고등학교 입학을 목전에 두고 있는 아이를 보니 기특하다. 고등학교 입학 준비에 가슴이 뭉클한데 작은 아주버님이 아이 입학 축하 선물로 교복을 해 주시겠단다.

딸이 큰아빠가 사 준 교복을 입고 식구들 앞에서 빙글빙글 돌며 패션쇼를 했다. 아이 학교의 교복이 참 예쁘다. 교복을 입고 좋아하는 아이 모습에 내 마음이 더 좋다. 남편은 자기 형이 해 준 선물에 어깨를 들먹이며 우쭐해 했다. 아이가 3년 동안 애 많이 썼는데 큰아빠의 교복 선물이 어린 고입 수험생의 스트레스를 한방에 날려 주었다.

교복을 보면서 우리 아이들은 복이 많다는 생각을 했다. 부모의 자식 사랑은 당연한 거지만 집안 가까이에 롤모델로 삼을 어른이 계시고, 친가와 외가의 사랑을 받고 자라는 아이들을 보니 더불어 함께 키워 주신 집안 어른들께 감사한 마음이 든다.

수능시험장 스케치

큰아이와 작은아이를 앉혀 놓고 "공부할래? 청소할래?" 하고 물으면 청소보다 공부가 좋다는 큰아이는 자기 방에 들어가 책을 보고, 공부보다 청소가 더 좋다는 작은아이는 얼른 청소기를 들고 나와 이 방 저 방 끌고 다니며 청소를 한다. 자매의 성향이 정반대여서 둘을 섞어 반으로 나누고 싶다는 생각을 종종한다. 이렇게 다른 두 아이가 쌍둥이도 아니면서 생일이 같은 날인 것이 신기할 따름이다.

큰아이가 고등학교 2학년 때이다. 학교에서 돌아온 아이가 내일 새벽에 깨워 달라고 당부한다. 내일이 대학수학능력시험일이라 학교에 가지 않는 날인데 왜 깨워 달라는지 궁금해 했더니 1년 선배인 고3이 내일 수능시험을 보면 그다음 날부터 본인 차례가 된다고 고사장에 가서 고3의 긴장감을 느껴 보겠다는 것이다. 고등학교 3학년 1년 동안 공부하다가 느슨해지려고 할 때 자극이 될 거라고 했다.

큰아이가 기특했다. 다음 날 새벽같이 수능시험장에 갔다 오더니 너무 긴장돼서 울먹이며 시험장으로 들어가는 선배를 봤는데 그 선배 모습에 긴장이 많이 됐다고 한다. 시험장 풍경이 자극제가 되었는지 게으름 피우지 않고 열심히 공부해 원하는 대학에 들어갔다.

작은아이가 고2가 되었다. 내일이면 1년 선배인 고3이 수능시험 보는 날이다. 내심 작은아이도 선배들 수능시험일이니 일찍 깨워 달라고 부탁하길 바랐다. 작은아이도 큰아이처럼 자극을 받아 고등학교 3학년 1년 동안 최선을 다했으면 했다. 그런데 눈치를 보며 기다려도 아이는 아무 말이 없다. 별수 없이 수능시험일 아침에 자고 있는 아이 귀에 대고 말했다.

"수능시험장에 가 볼래?"

"으응, 알았어."

웬일인지 고맙게도 싫은 내색 없이 따라 나섰다. 며칠 포근하더니 수능시험일이라 어김없이 날씨가 심술을 부린다. 그렇지 않아도 언 마음을 꽁꽁 더 얼린다. 오리털 점퍼에 목도리까지 두르고 시험장인 평촌공고 쪽으로 갔다. 벌써 수험생을 태운 차들로 차도가 주차장이다. 앞에 수험생으로 보이는 남학생이 가방을 메고 걸어가는데 비장해 보인다. 그 옆으로 엄마 아빠로 보이는 분이 바쁜 걸음으로 아들을 따라 걷더니 엄마가 아들 등을 두드리며 뭐라 당부의 말을 한다. 긴장을 풀어 주려는 엄마의 모습이다. 이 가족을 보는 순간 코끝이 매워진다. 작은아이 느끼라고 나선 길인데 내가 뭉클하다.

"네가 자극 받아 공부 열심히 해야 하는데, 이러다가 엄마가 공부해서 수능시험 볼 거 같아."

벌써 학교 앞에는 수험생, 응원 나온 학생들, 선생님들로 발 디딜 틈이 없다. 수험생들에게 힘을 주려고 후배들이 응원가를 부른다. 선생님들은 교문 앞에 서서 수험생들의 등을 두드려 주면서 찹쌀떡과 엿이 든 봉지를 전해 준다. "잘 봐라." 진심이 담긴 응원의 말도 전한다.

작은아이가 반 친구를 만나 아는 척을 한다.

"민지야. 넌 여기 왜?"

"엄마가 느끼라고. 엄마랑 같이 나왔어."

"나도."

둘이 마주보고 웃는다. 내일부터 너희들 차례다.

사진기자가 카메라를 들고 수능시험 보는 날을 스케치한다. 아이를 시험장에 들여보내고 발길이 떨어지지 않는지 아이 엄마가 교문에 손을 대고 기도한다. 한 학교 후배들이 모여서 "선배님들 대박 나세요!" 구호를 외치더니 차디 찬 아스팔트에 엎드려 큰절을 올린다.

수능시험장에 걸린 문구가 번뜩인다.

'쉽다고 쉬지 말고, 어렵다고 얼지 말자!'

'뉴스 속보! 만점 속출!'

'찍은 대로 임하소서!'

'재수 없다.'

재수 없다는 말이 덕담이 되는 날이다. 외고 학생들은 외고답게 영어, 일어, 중국어로 응원 문구를 적어 왔다. 모두 힘내라는 뜻이리라. 후배들의 진심이 전해져 좋은 결과를 얻길 바라는 마음이다.

8시 10분 입실이다. 밭은 숨을 몰아쉬며 8시 17분에 아들을 교문 안으로 들여보낸 엄마가 가슴을 쓸어내리며 긴 숨을 내뱉는다.

이제 집으로 돌아가려고 아이 손을 잡고 집 쪽으로 향하는데 택시 한 대가 급정거를 하더니 남학생과 엄마가 내려서는 여기가 평촌정보고냐고 묻는다.

"여기는 평촌공고이고 평촌정보고는 평촌아파트단지 끝에 있어요."

그때가 8시 21분을 막 넘기고 있었다. 타고 온 택시는 벌써 달아나고 아이 엄마는 어찌할 바를 몰라 한다. 수험생을 시험장에 들여보내고 발길을 돌리던 엄마들이 남의 일 같지 않은지 이 모자를 지켜보고 있었다.

"택시를 불러야 해요.", "경찰서에 전화하면 오토바이로 태워줄 거예요.", "아니 119에 전화하는 게 빨라요." 옆에서 도움을 주려고 거든 말들이 너무 많아 배가 산으로 가게 생겼다. 여러 말이 오가는 중에 한 엄마가 이미 119에 전화를 하고 있었다.

"평촌정보고로 가야 할 학생이 평촌공고로 잘못 왔어요. 지각이에요. 빨리 소방차, 아니 구급차 좀 보내 주세요!"

말이 떨어지기 무섭게 코앞에서 기다리고 있었던 것처럼 소방서 구급차가 달려와 두 모자를 태우고 평촌정보고 쪽으로 꽁무니를 뺐다. 그때가 8시 27분. 멀어져 가는 구급차를 지켜보던 엄마들이 안도하며 하나같이 할 말이 많았다.

"7시 50분에 집에서 나왔대요. 입실 시간이 8시 10분인데 아무리 집이 가까워도 그렇지, 그렇게 늑장을 피우면 어떻게 해요.", "가깝다고 사전 답사도 안 왔대요. 가깝다고 너무 믿은 거 아니에요.", "저러고 가서 시험을 제대로 볼 수 있을까. 설마 지각이라고 못 들어가게 하는 건 아니겠죠?"

　안타까운 마음에 두 모자의 처사를 나무랐지만 그 학생이 무사히 시험 치르길 바라는 것은 한마음이다. 이 상황에 너무 놀란 작은아이는 1년 동안 공부 열심히 해야겠다는 각오 대신에 지각은 절대 하지 말아야겠다는 더 큰 각오를 하고 왔다.

　한 번의 시험으로 12년을 평가 받는 날이 대한민국의 대학수학능력시험일이다. 너나없이 시험 잘 보길 바라고, 최선을 다한 수험생들에게 큰 박수를 보낸다. 그리고 그들의 꿈이 이루어지길 두 손을 모아 본다.

첫아이

남편과 무역회사 같은 부서에 근무하며 가깝게 지내다, 결혼해서 이듬해 하얀 겨울에 첫딸을 낳았다. 남아선호 사상이 하늘을 찌르던 때에 아들 이름을 지어 놓고 아기를 기다렸던 남편은 살짝 서운해 했다. 그러면서도 아이의 목욕물을 집 앞 야산의 약수터에서 떠 날랐다. 눈 오는 날에도 등산용 배낭에 군화를 신고 백일까지 약수가 떨어지지 않도록 했다.

첫아이는 우리 부부에게 처음을 경험하게 해 줬다. 첫아이와 함께 하는 모든 시간은 둘째 아이를 잘 키우기 위한 리허설 같았다. 서툴고 낯설어 크고 작은 시행착오를 겪었지만 '처음' 이 주는 행복이 있었다. 엉금엉금 기지 않고 옆으로 굴러다니는 아기를 본 것도, 예방주사를 처음 맞던 날 주사가 뭔지 몰라 울지 않는 아기를 본 것도, 말을 빨리 배워 돌 전에 엄마 앞에서 자기주장을 펼치는 아기도 처음이었다.

아이가 초등학교에 입학할 때, 나만 학부모가 된 것 같은 대견함은 이루 말할 수가 없었다. 중학교에 가면 깡패가 많다는 헛소문에 겁내하던 아이. 고입연합고사와 대입수능고사로 10대를 수험생으로 보낸 아이가 대학에 들어가서야 비로소 얼굴에 꽃이 활짝 폈다. 원 없이 공부하고 학생회 활동도 활발히 하며 친구들끼리 뭉쳐 제주도 자전거 완주에 유럽 여행까지, 대학 생활을 즐기는 활기찬 모습에 덩달아 신이 났었다.

학교를 졸업하고 취직하여 회사 생활에 어느 정도 적응할 때쯤 남자 친구가 생겼다. 평소에는 주방에 얼씬도 않던 아이가 상큼한 얼굴로 샌드위치를 만드네, 비스킷을 굽네, 하면서 주방을 어수선하게 만들어 놓고 피크닉 가방을 꾸려 기분 좋게 외출하는 모습을 보며 흐뭇했다.

남자 친구를 만나고 온 어느 날, 백송이 빨간 장미 꽃다발을 한아름 안고 들어와 말했다.

"엄마, 남자 친구와 가을에 결혼하고 싶어요. 그 친구와 함께하면 재미있을 것 같아요."

갑작스런 딸의 말에 남자 친구가 생겼다고 할 때처럼 오롯이 기뻐해 주지 못했다. 아이를 오래 데리고 있을 생각은 없었고, 나이가 차면 결혼할 거라는 생각은 늘 하고 있었는데도 막상 아이 입에서 결혼 이야기가 나와 당황했다.

초등학교 5학년 때, 2살 어린 여동생과 결혼하지 않고 캠핑카를 사서 둘이 살겠다는 각서를 쓰고 동맹을 맺었던 아이가 결혼 선언을 한 것이다. 자취다, 해외연수다 해서 자녀와 떨어져 지내는 부모들이 많았지만 우리는 한 번도 떨어져 지낸 적이 없었다.

자식이 부모 품을 떠날 때가 된, 그 허전한 마음을 뭐라 설명하기가 어렵다. 나보다 더 서운한 감정을 감추지 못하는 남편, 당장 헤어지기라도 하듯 눈물을 그렁거리는 작은아이. 우리 모두에게 마음을 다독일 시간이 필요했다. 하루가 지나고 이틀이 지나니 섭섭한 마음이 가라앉고 그 자리에 고마운 마음이 생겼다. 오히려 결혼 문제로 걱정 끼치지 않아 고마웠다.

아이의 남자 친구가 인사 오겠다고 했을 때, 어떤 친구가 올지 떨리기도 하고 걱정도 되었다. 집안 구석구석 대청소를 하고 음식도 준비해 놓고 딸의 남자 친구를 기다렸다. 오후가 되어 말끔한 모습을 한 남자아이가 현관으로 들어섰다. 첫인상이 맑아 보였다. 딸과 많이 닮은 듯 선한 인상, 낯설지 않은 모습에 마음이 놓였다.

첫 경험은 항상 설렌다. 큰아이와 함께 결혼 준비를 할 때 마냥 설레었다. 가구를 고르고 주방용품을 마련하고 아이 방 짐 정리를 하면서 만감이 교차했다. 그동안 아이와 함께했던 시간들이 스쳐 지나갔다.

인생에서 가장 큰 일인 결혼을 무사히 치렀다. 첫아이의 결혼으로 친정엄마가 되고 장모가 되었다. 남의 일로만 여겼는데 내 일이 되고 보니 친정엄마와 장모, 어른 역할을 잘 해낼 수 있을지 걱정이 된다.

토끼 같은 딸과 사위, 마냥 어려 보이는 부부가 친구처럼 알콩달콩 소꿉놀이하듯 살림을 꾸려 가는 모습이 예쁘다. 무엇이든 처음을 경험하게 해 준 첫아이와 앞으로 함께하게 될 새로운 경험이 기대된다.

합기도

대학 1학년인 작은딸이 여름방학을 하자마자 초등학교 때 합기도 주홍 띠를 땄다는 친구와 함께 합기도 도장에 등록하고 왔다. 호신용으로 합기도를 배워 보려는 것이란다. 난데없는 딸의 행동이 의아했지만 새로운 것에 도전하는 건 좋은 일 같아 열심히 해 보라고 했다.

성인반은 저녁 9시 30분 수업이라 아이는 오밤중에 시커먼 도복을 차려입고 집을 나섰다. 첫날은 특별히 배운 것이 없는지 여기저기 아프다는 말만 할 뿐 조용하더니 둘째 날부터 집에 들어서자마자 연습 상대가 되어 달라는 것이었다.

"정권! 팍! 팍팍! 합! 기! 도! 팍! 팍!"

엄마의 면전에 꽉 쥔 주먹을 휙휙 바람 소리를 내며 휘둘러 대더니 다리를 90도 각도로 들어 세웠다가 허공을 향해 발길질을 해 댔다. 그것으로도 부족해 연습하게 손목과 멱살을 빌려 달라고 애걸복걸이다.

"야, 무서워. 엄마 허리 아픈 거 알지? 나 건드릴 생각 마."

"그래도 한 번만 딱 한 번만 안 다치게 살살 할게요."

아무리 배운 걸 복습한다고 해도 엄마가 자식에게 멱살을 빌려 주기는 좀 그렇고 소원이라는데, 할 수 없이 멱살 대신에 팔목을 내주었다. 작은딸은 좋아하며 내 팔목을 붙잡고 앞으로 뒤로 꺾어 가며 기술을 넣었다. 기술을 넣으면 넣을수록 내 모습은 점점 초라해졌다. 결국 "아, 아, 그만!" 하는 신음 소리와 함께 딸 앞에 무릎을 꿇는 항복 자세로 끝이 났다.

작은딸은 내가 무릎을 꿇자 그제서 기술 넣는 것을 멈추었다. 자기 기술이 제대로 먹힌 것에 흡족해하는 것 같았다. "제대로 잘 배워 왔네." 하고 칭찬을 해야 하는데 무릎 꿇고 있는 모습에 마음이 상해 내 기분을 드러내고 퉁명스럽게 말했다.

"나한테 연습 상대해 달라고 하지 마. 이제 안 해!"

사실 팔목을 내줄 때는 팔목만 꺾이는 줄 알았지 이렇게 무참히 무릎까지 꿇게 되리라고는 예상치 못했다.

다음 날 저녁, 남편은 회사에서 늦고 큰딸도 외출해서 귀가하지 않은 상태였다. 작은딸은 그날도 도장에 가고 없었다. 안방 침대에 누워 TV를 보다 시계를 보니 바늘이 막 11시를 넘기고 있었다. 잠시 후면 작은딸이 들이닥칠 텐데. 오늘은 또 무슨 기술을 배워 와 나에게 연습 상대를 해 달라고 할까 걱정이 되었다.

잠시 후, 현관문 버튼 누르는 소리가 들리더니 작은딸이 자기 방에도 들르지 않고 곧바로 안방으로 쳐들어왔다. 시꺼먼 도복을 입고 들어선 작은딸이 갑자기 큰 소리로 외쳤다.

"전방낙법!"

온몸을 실어 안방 바닥에 철퍼덕 하고 앞으로 넘어졌다 일어나더니 다시 한 번, "전방낙법!" 하며 온몸을 실어 넘어졌다.

"괜히 긴장했네. 오늘은 넘어지는 기술을 배웠나 보네?"

작은딸은 넘어졌다 일어서며 합기도가 정말 재미있다고 함박웃음을 지어 보였다.

군대 면회

아파트를 분양 받아 이사 왔을 때 집집마다 아이들이 고만고만했었다. 하루는 더디 가는데 세월은 어찌나 빠른지 이웃 아이가 그새 자라 군대에 갔다. 어느 날, 휴가 나왔다며 퍼런 군복을 입고 절도 있게 인사하는 이웃집 아이가 신기했다.

'아, 군대에 면회 가 보고 싶다. 맛있는 음식 바리바리 싸서.'

군대에 면회 가는 상상을 해 보지만 아쉽게도 내게는 아들이 없다. 면회 가고 싶다고 딸을 군대에 보낼 수도 없고, 아들 둔 사람이 부럽다기보다는 아들 부대에 면회 다녀온 엄마가 부럽다.

작은아주버님이 서울의 대기업에 다니다 퇴직하고, 중국 상하이에서 의류 사업을 해서 가족이 모두 상하이에 산다. 중국에서 대학을 마친 조카가 국방의 의무를 다하기 위해 혼자 한국에 들어와 입대했다. 같은 한국 땅에서 아들을 군대에 보내도 마음이 짠할 텐데, 중국에서 군대를 보냈으니 애틋함이 남다를 것이다. 육군훈련소 인터넷 사이트에 군복 입은 신병들의 단체 사진을 올려놓아 아들 얼굴을 사진으로나마 볼 수 있고, 위문편지처럼 게시판에 올린 격려의 글을 신병에게 전해 준다니 집에서 보낸 편지 글이 조카에게 큰 위안이 될 것이다.

초등학교 다닐 때 겨울이면 위문편지 보내는 시간이 있었다. '국군 아저씨께'로 시작한 위문편지는 '우리를 위해 나라를 지키느라 얼마나 고생이 많으세요. 우리는 국군 아저씨 덕분에 공부 열심히 하고 있어요.' 라 적고는 쓸 말이 없어 끙끙거렸던 생각이 난다. 그때는 국군 아저씨가 무척 어른 같았는데 파릇파릇한 어린 청년이다.

퇴근해 들어온 남편이 아주버님이 한국에 들어오셔서 조카 면회를 가는데 우리도 같이 가기로 했단다. "정말, 나도?" 반가웠다. 군대 면회를 가다니. 그런데 너무 들떴나 보다. 면회 가기 하루 전 날, 늦은 저녁에 아파트 1층 계단에서 발을 헛디뎌 아스팔트에 그림자처럼 딱 붙어 일어나질 못했다. 무릎에서 피가 나고 오른팔이 접질려 나만 면회를 가지 못했다.

1차 면회는 무산되고 2008년 2월 16일 토요일, 남편과 큰아이와 셋이 면회를 가기로 했다. 갈비찜과 육원전, 오징어튀김, 새우튀김을 한 바구니 했다. 피자, 햄버거, 닭튀김을 사가도 되겠지만, 따뜻한 음식을 해 주고 싶었다. 우리는 갈비찜과 찌개 끓이는 스테인리스 냄비를 배낭에 챙겨 넣고 튀김 바구니를 들고는 KTX를 타고 군부대로 향했다.

면회 신청을 하고 기다리는 동안 갈비찜 데워 먹일 곳을 찾았다. 면회소에 뷔페식당, 한식당, 호프집, 피자집이 있어 놀라웠다. 뷔페

식당에 5천 원을 내고 들어가면 뷔페 음식과 싸 가지고 간 음식을 먹을 수 있다고 한다.

조카는 대한민국을 지키는 늠름한 군인 아저씨가 되어 거수경례를 하고 우리 앞에 섰다. 특별한 곳에서 조카를 보니 참 반갑다.

"군복이 아주 잘 어울리네."

우리는 뷔페식당에 자리를 잡고 배낭에서 주섬주섬 싸 가지고 간 음식을 꺼내는데 이를 지켜보던 식당 아저씨가 웃으며 말한다.

"요즘은 군대 면회 때 음식 안 해 가요."

"면회가 처음이라서요."

우리도 멋쩍어 같이 웃었다. 아저씨가 데워 먹으라며 친절하게 휴대용 가스버너 2대를 내주셨다. 가스버너에 고기 굽는 불판을 올려 전과 튀김을 굽고 또 하나의 가스버너에는 가져간 냄비를 얹고 갈비찜을 데웠다. 갑자기 배낭에서 냄비를 꺼내고 갈비찜을 데우는 광경을 보고 조카가 얼굴을 감싸며 귀가 빨개지도록 웃는다. 옆 테이블에 선임이 면회 온 친구와 같이 식사를 하고 있었다. 주위를 둘러보니 음식 해 온 사람이 없어 보인다. 다들 접시를 들고 뷔페음식을 가져다 먹는데 우리만 조카 먹일 욕심에 요란했었나 보다. 갈비찜을 하면서 남편과 고민 좀 했다. 가져가면 먹일 수 있으려나? 군대에 면회 가 본 적이 없어서 알 수 없었다. 상황이 안 되면 그냥 가져올 생각이었는데 맛있게 먹어 줘서 얼마나 고마웠는지 모른다. 지금도 그날 식당에서 민망했을 조카 얼굴이 떠올라 자꾸 웃음이 나온다.

식사를 마치고 부대 구경을 했다. 몸집이 어마어마한 전투 장비들이 전시되어 있었다. 조카가 장비 이름과 쓰임을 설명해 줬지만 모두 하나같이 닮아 보였다. 그중 가장 친근한 것이 책에서 사진으로 보아 왔던 탱크였다. 면회 온 기념으로 탱크 앞에서 함께 인증 사진을 찍었다. 마침 의장대 군인들이 줄을 맞춰 총을 들고 한 몸처럼 움직이며 연습하고 있었다. 곧 부대 내에 행사가 있다고 한다. 운이 좋았다. 일제히 총을 허공에 던졌다 받아 내는 묘기가 멋졌다.

찬바람을 피해 면회소에서 차 한잔 마시며 이야기를 나누다가 조카는 대한민국을 지키기 위해 부대로 복귀했다. 조카 덕분에 군대 면회를 할 수 있었던, 조카의 선물이 고맙다.

국방부 시계는 거꾸로 매달아도 돌아간다. 군대에서 인내와 끈기를 배우며 국방의 의무를 다한 조카는 남자다운 청년이 되어 사회인으로서 그 몫을 다하고 있다.

애썼다

지난여름, 어머님이 큰댁에서 오셨다.

중풍으로 20여 년 동안 오른팔과 다리가 불편한 어머님은 당신 몸 건사하는 일과 거실, 방, 화장실만 오가실 뿐 바깥나들이는 엄두도 내지 못하신다. 내가 갓 시집을 왔을 때만 해도 노인정과 절에 다니며 바깥바람을 쏘이셨는데.

어머님은 우리 집에 오자마자 안과에 가서 눈 검사를 하고 안경을 새로 맞추고 싶다 하셨다. 바깥출입은 거의 불가능한 일로 엄두가 나질 않아 남편에게 같이 모시고 가자고 했다. 남편이 도와주면 안경 맞추는 일이 그리 어려울 것 같지 않았는데 야속하게도 혼자 모시고 갔다 오란다.

어머님을 모시고 안경 맞추는 일을 나 혼자 해낼 수 있을지 자신이 없었다. 진즉 운전이라도 배워 둘 걸, 휠체어라도 하나 마련해 두었으면 좋았을 텐데 하는 아쉬움이 있었지만 다행스럽게 길은 있었다.

호출택시를 불러 1층 현관 앞에 대기시키고 어머님을 부축해 내려 갔다. 어머님은 택시에 올라타는데도 시간이 오래 걸렸다. 운전사의 눈치가 보였지만 아저씨가 풍을 앓은 지 얼마나 되셨는지를 물으며 친절하게 대했다.

병원 앞에서 내린 우리는 천천히 움직였다. 어머님은 내 팔을 꼭 잡고 발걸음을 옮겼다. 차도에서 인도 위로 올라서는데도 턱이 높아 몇 번의 헛발질 끝에 겨우 올라설 수 있었다.

힘들게 승강기를 타고 4층 안과에 도착했다. 어머님은 벌써 숨이 차 받은 숨을 몰아쉬었다. 소변을 자주 마려워 하시기에 차례와 상관없이 간호사에게 먼저 진찰을 받을 수 없냐고 양해를 구했지만 통하지 않았다.

겨우 순서가 되어 진찰 의자에 오르는데 의자가 높아 택시에 오를 때보다 더 힘들어 하셨다. 부들부들 안간힘을 쓰며 의자에 앉는 동안 의사는 자신의 의자를 옆으로 돌려 진찰용 손전등을 껐다 켰다 하며 딴청을 부렸다. 부축해서 도와주면 좋으련만 어머님이 진찰대에 앉고서야 마주 보며 상투적으로 물었다.

"어떻게 오셨어요?"

어머님은 이렇게 반갑지 않은 환자가 되어 눈 검사하고 안과를 나왔다. 안과와 안경점이 같은 층에 있는 것이 반가웠다. 화장실에 들러 가지 않아도 되겠냐는 말에 괜찮다고 하시던 어머님이 안경점의 의자에 앉혀 드리자마자 소변이 몹시 급하다고 하셨다. 잘 걷지 못하는 어머님을 화장실로 모시고 가느라 마음이 바빴다.

어머님은 바닥에 쪼그려 앉으면 도움 없이는 일어서지 못하는데 걸터앉는 좌변기는 하나 없고 전부 바닥에 쪼그리고 앉는 변기뿐이었다. 정말 난감했다. 그렇지 않아도 걱정이 되어 기저귀를 하자고 했더니 마지막 자존심이었는지 기저귀는 차지 않겠다고 고집을 피우셨다. 어쩔 수 없이 휴지통 테두리에 깨끗한 화장지를 둘러 놓고 어머님을 앉혔다. 볼 일을 다 보신 어머님을 일으켜야 하는데 나 혼자 힘으로는 역부족이었다. 화장실에 아무도 없으니 도움을 청할 수도 없고, 어머님 등 뒤에 서서 겨드랑이에 손을 넣고 '하나, 둘, 셋!' 하고 구령을 붙여 가며 힘을 모았지만 꿈쩍도 않으셨다.

"아이쿠, 이거 큰일났다. 어쩌니."

어머님도 내 구령에 맞춰 일어서려고 안간힘을 다하셨지만 허사였다.

"어쩌면 화장실에 아무도 안 들어오죠? 잠깐만 다시 한 번만 더 해봐요. 하나, 둘, 셋!"

"휴우, 이 일을 어쩌면 좋냐?"

어머님과 나는 한 몸이 되어 네댓 차례 더 시도한 끝에 간신히 일어설 수 있었다. 우리는 벌게진 얼굴에 땀까지 흘리며 숨을 고르느라 잠시 그 자리에 굳은 듯 서 있었다.

힘겹게 안경을 맞추고 다시 호출택시를 불러 타고 집에 왔다. 현관으로 들어서며 '휴우' 한숨부터 내쉬고 누가 먼저랄 것도 없이 서로에게 마음을 전했다.

"애썼다."

"오늘 고생하셨어요."

평소 표현이 없으신 어머님이 안경을 맞추고 온 날, 처음으로 내게 마음을 표현하셨다.

'애썼다.' 라고.

지금도 '애썼다.' 는 말이 떠오르면 자꾸 코끝이 시리다.

10년 같았던 1년

내 삶에 이런 고약한 시간이 기다리고 있을 줄은 정말 몰랐다.

3년 전, 욕실에서 머리를 감으려고 몸을 숙이는 순간 갑자기 허리에 뜨거운 불길이 지나는 것 같은 통증에 비명을 질렀다. 비명이 신호탄이 되어 그날부터 힘겨운 날이 시작되었다. 물리치료를 받으며 한 달이 지날 즈음 의자에 앉으면 엉치뼈가 배겨 아프고 서 있으면 발바닥이 아픈 증상으로 바깥 외출이 어려워지고 집안일도 서서히 손을 놓았다.

한의원에서 여러 달 침 치료와 추나 치료를 받았지만 차도가 없고 오히려 봉침을 맞다가 쇼크가 와 응급실을 찾는 위급한 상황을 맞기도 했다. 한의원 치료를 멈추고 허리 수술 상담을 위해 대학병원 정형외과 의사를 만났는데 수술하지 말고 달래 가며 살라고 한다. 수술하지 않아도 된다는 말이 다행스러웠지만 통증을 어찌 견뎌야 할지 막막했다.

설상가상으로 가슴이 두근거리고 혈압이 160까지 오르내렸다. 두통에 시달리고 밤에는 불면증으로 잠을 잘 수 없었다. 내과 진료를 받았는데 지켜보자는 말 뿐이었다. 생각해 보니 1년 전부터 기운 없다는 말을 자주 했었다. 내분비내과에서 갑상선 검사와 혈당 검사를 받았는데 아무 이상이 없었다. 얼굴에 열이 오르고 땀이 물바가지를 끼얹은 것처럼 줄줄 흘렀다. 마음이 불안해 전화벨 소리에도 가슴이 두근거렸다. 관절이 마디마디 아프고 입이 헐어 밥 먹는 것이 고역이었다. 정형외과적인 증상만으로도 견디기 힘든데 또 다른 통증들이 무더기로 달려들어 꼼짝 말라고 엄포를 놓았다.

애들 고모가 안부 전화를 하셨다.

"별일 없지. 잘 지내지?"

내 목소리에 아픈 기색이 있었는지 무슨 일이 있냐고 물으셨다.

"형님, 온몸이 너무 아파요. 병명도 알 수 없고요."

큰언니한테 어린양을 하듯 여기저기 아프다고 하소연하다 울어 버렸다. 다음 날 찾아와서 달라진 나를 보고 놀라셨다. 아픈 곳이 한두 곳이 아니라니 조언도 하지 못하고 걱정만 하다 가셨다. 자주 전화를 해 따뜻한 말로 다독여 주셔서 큰 위안이 되었다. 형님 친구 중에 강원도에 전원주택을 짓고 사는 분이 계신데 내 이야기를 했더니 와서 지내다 가라고 했다며 볕도 좋고 공기도 좋은데 거기서 요양하다 오겠냐고 하셨다. 아직 병명을 찾지 못해 강원도에 내려가지 못했지만, 친척도 아닌 나를 지내다 가라는 친구 분의 마음이 고맙고 그 친구를 둔 형님이 부럽고 두 분의 우정이 탐났다.

다들 조금 아프다 괜찮아질 거라 믿었다. 잔병 없이 건강했던 사람이었으니까 곧 제자리로 돌아올 거라고. 남편은 회사 일만 서둘러 마치고는 나를 부축해 병원에 데리고 다녔고 아이들과 청소, 빨래, 식사 준비를 하면서 살림을 살았다. 기운 내라고 전복죽을 끓여 주고 대추와 당귀를 달여 먹이며 지극정성을 보였다. 가족 모두 희망을 갖고 좋아질 날을 기다렸다. 그런데 노력해도 되지 않는 게 있었다. 모두 실의에 차 수심이 가득했다.

예년 같으면 붉게 물든 단풍 따라 가을 여행을 떠났을 계절에 방안에서 겨울잠 자는 곰처럼 웅크린 채 긴 시간을 보냈다. 눈도 머리도 맑지 않아 TV와 책을 멀리하고 문밖 세상에 관심도 놓아 버렸다. 빠르게 지나가던 시간이 참 더디 갔다. 하루가 지나고 한 달이 지나고 반년이 지났다. 무슨 병인지 알아야 치료를 할 텐데 속수무책이었다.

'할 일이 많은데 얼른 털고 일어나야지.' 목이 메는 엄마의 전화 목소리, 젊은 사람이 아파서 어쩌느냐며 호랑이걸음을 걸어 효과 본 사람이 있다고 호랑이걸음을 알려 준 선배님, 몸에 좋다는 약을 보내 주고 운동해서 건강을 되찾으라며 러닝머신을 보내 준 남편 후배들, 밑반찬과 김치를 해서 전해 준 모임 언니들. 모두 마음으로 걱정해 주는데 무기력하게 천장만 보고 누워 있었다.

"내게 왜? 대체 왜? 큰 것을 바라는 것도 아닌데, 마트에 가서 장 보고 음식 준비해서 가족에게 먹일 수 있게만 해 주면 더 이상은 바라지 않는데 그 정도도 안 되나요?"

허공을 올려다보고 소리쳤다.

가족에게 도움을 주며 살아야 하는데, 가족의 도움 없이는 아무것도 할 수 없는 짐이 되어 있다는 사실이 못 견디게 했다. 큰 탈이 난 게 분명했다. 그렇지 않고서 이럴 수는 없다. 생의 마지막 날을 향해 블랙홀로 서서히 빨려 들어가는 것 같았다. 내가 없는 세상에 내가 남아 있는 게 싫어 기운이 바닥을 보이기 전에 주변 정리를 해야 했다.

일기장을 꺼냈다. 며느리로 아내로 엄마로 살았던 삶 위에 즐거웠던 날과 마음 상했던 날들이 겹겹이 얹혀져 있다. 좋았던 날보다 나빴던 날이 조금 더 많았던 건 마음 상했던 날에 일기를 더 챙겨 썼기 때문이다. 훗날 식구들이 들춰 보고 마음 아파할 것 같은 페이지를 잘라냈다.

다시 살 수 있다면 네가 아닌, 내 마음이 시키는 대로 살고 싶다는 생각을 했다. 집으로 배달되는 사보가 많은데 책 겉봉지에 적힌 내 이름이 마음 아프게 할까 봐 구독 중지를 하고, 주부모니터와 명예기자 활동도 건강상의 이유로 잠시 접겠다고 양해를 구했다. 단 이틀만 정리할 수 있는 건강을 허락해 줄 수 없는지, 정리하는 일이 너무 벅찼다.

지하주차장에서 먼지를 뒤집어쓰고 꼼짝 않고 있는 차가 보기 싫다. 10여 년 전, 내가 나에게 선물하고 싶어 큰마음 먹고 산 소형차다. 애들 고등학교 다닐 때 학교로 도서관으로 태워 다니고 장 본 무거운 짐도 싣고 손발 노릇을 했던 친구다. 다 나아서 이 친구를 지상으로 데리고 갈 수 있을까? 더 이상 운전이 어려울 것 같아 차를 팔자고 했더니 남편은 들은 체도 않는다.

"차는 그냥 둬. 나을 거야. 나아서 몰고 다녀야지."

남편과 아이들이 보호자가 되어 문밖 구경을 시켜 준다. 바람 쐬러 가자는 작은아이 말에 따라나섰다. 바람에 떨어지는 단풍잎을 보며 아이가 말했다.

"떨어지는 낙엽을 받아 마음을 담아 소원을 빌면 소원이 이루어진대."

낙엽을 쫓던 아이가 어렵사리 양손에 받아들고 달려와서 말했다.

"이제 아픈 거 다 나을 거야. 엄마 낫게 해 달라고 빌었어."

아이 눈에 가득한 눈물을 볼 수 없어 고맙다는 말 대신 꼭 안아 주었다.

큰아이는 침대에 붙박이로 누워 있는 내 옆에 누워 말벗을 해 주다 목까지 차오른 눈물을 쏟아냈다. 멈추지 않는 아이의 눈물이 마음 아프다.

잘 본다는 병원을 수도 없이 찾아다녀 이제 더 이상 가 볼 병원이 없다. 입이 헐어 식사를 못해 마지막으로 대학병원 이비인후과에서 검사를 했는데 결과는 정상이었다. 결과를 보고 나오다 물어나 보자며 들른 부인과 간호사실에서 내 증상이 갱년기 증상이라는 말을 들었다.

이 모든 증상이? 허리 아프고 발바닥 아프고 엉치뼈가 아팠던 것도, 입이 헐어 식사를 못했던 것도? 갱년기 증상이 이렇게 가혹한 거였다니 믿을 수 없어 묻고 또 묻고 물었다. 의사를 만났다. 사람마다 정도 차이가 있는데 증상이 약해 가볍게 지나가는 사람도 있고 나처럼 증상이 심한 사람도 있다고 했다. 길을 잃고 헤맨 허송세월이 바보 같았다. 갱년기 증상은 열이 올랐다 내리고 땀이 나며 가끔 우울하거나 기운이 좀 없는 정도로만 알고 있었다. 이렇게 맥을 못 추게 하는 것이 갱년기 증상일 거라고는 전혀 생각지 못했다.

중상이 무려 40여 가지나 되는 설문지에 해당되는 부분을 표시하라고 했다. 갱년기 증상이 많은 것에 놀랐다. 대부분의 증상 정도가 '불편감이 심하다.'와 '아주 심해 생활하기 힘들다.'에 해당됐다. 병명을 알았다는 것만으로도 마음이 놓였다. 부인과 앞에는 기운 없어 보이는 아주머니들이 많았다. 여기서 나를 낫게 해 줄 수 있을까.

11월부터 12월, 1월을 넘기며 치료를 받았다. 48살에서 49살로 넘어가는 해였다. 처음에는 아무 변화가 없더니 조금씩 생기가 나고 허리, 엉치, 발바닥 통증이 조금씩 줄어들었다. 혈압이 안정을 보이고 불면증도 해소되었다.

나를 괴롭힌 모든 것이 폐경 전후에 찾아오는 갱년기 증상으로 여성호르몬인 에스트로겐의 분비가 급속하게 줄어들면서 나타난 신체적, 심리적 변화였다. 정형외과, 내과, 내분비내과, 이비인후과 등을 돌며 치료해야 할 병이 아니고 부인과에서 호르몬 치료로 호전되는 증상이었다.

우리나라 폐경 여성의 50% 정도는 안면홍조 같은 여성호르몬 결핍 증상이 나타나고, 20% 정도는 안면홍조, 피부 노화, 피로, 불안, 우울, 기억력 장애, 수면 장애 등 심한 갱년기 증상이 나타난다고 한다. 나는 후자에 속하는데 가장 고약한 갱년기를 겪은 것이다. 긍정적인 생각으로 웃고 떠들고 마음을 편하게 가지면 갱년기를 잘 넘길 수 있다고들 하지만, 이는 증상이 경미할 때 이야기다. 증상이 심한 경우는 인력으로 한계가 있기 때문에 의사의 도움이 필요하다는 생각이 든다.

다시 세상 밖으로 첫발을 내딛던 날, 유난히 청량하게 들리던 참새 소리, 눈부신 오렌지색 햇살이 엑스레이를 찍듯 온몸으로 스며들었다. 익숙한 것을 오랜만에 다시 만나는 낯선 반가움, 다시 태어난 것 같은 생소함에 마음이 설렌다. 자연에 감사한 적이 있었나? 유난히 파란 하늘이, 눈부신 햇살이, 재잘대는 참새 소리가 감사하다. 제자리로 돌아오는데 꼬박 1년이 걸렸다. 10년 같은 1년을 용케 살아냈다.

2

1등의 기쁨

거저 얻어지는 것은 없다

　음식은 간만 잘 맞으면 맛있다는데 간 맞추는 일이 여간 어렵지가 않다. 번번이 싱겁고 번번이 짜다. 그래서 밥상을 받은 가족들 표정이 좋지 않다. 서당 개 삼 년이면 풍월을 읊는다는데 주부 경력 20년이라는 세월이 무색하다. 맛없는 식사를 하는 가족들도 고역이고 그를 바라보는 나도 고역이다.

　왜 그렇게 밥 때는 자주 돌아오는지, 아침 먹고 돌아앉으면 점심이고 점심 먹고 돌아앉으면 저녁이다. 1년 열두 달, 하루에 3번 어김없이 스트레스를 받는다. 내 딴에는 열심히 한다고 하는데 손맛이 나지 않는 걸 어쩌나. 손맛은 타고나는 것이지 만들어지는 것이 아니다. 별수 없는 노릇이다.

　어느 날, 남편이 친구 집에서 식사하고 들어와 불쑥 내뱉은 말에 마음이 상했다.

　"민석이네 집에서 북어찜이랑 취나물 먹고 왔는데 참 맛있더라.

민석이는 좋겠어."

남편이 지나치며 한 말에 예민해져서 그 길로 뛰쳐나가 한식 조리사 과정에 등록했다. 시험을 보지 않으면 내 것으로 만들 수 없을 것 같아 겁없이 시험까지 보는 조리사 과정을 택했다.

한식 조리사 시험에 나오는 55가지 음식을 배우게 되는데 평소에 자주 접하던 북어찜, 오이생채, 나박김치, 오징어볶음, 비빔밥, 풋고추전 등이 있고 어선, 수란, 알쌈, 북어보푸라기, 매작과처럼 접해 보지 못한 음식도 있다.

첫 수업 날, 가장 기초적인 채소 다듬기와 채썰기를 배웠다. 무생채를 하는데 칼질부터 서툴다. 무 껍질을 벗겨 내고 길이 6cm로 토막을 내서 사방 0.2cm로 채 썰라고 했다. 굵기가 고르지 않으면 생채를 해 놓았을 때 깔끔한 맛이 없다고 했다. 칼날은 마음 같지 않게 직각으로 잘 내려가다가 계속 옆으로 비틀어졌다. 무채를 고르게 써는 일이 만만찮다.

한식은 고명 올리는 게 특징이다. 제일 많이 쓰이는 고명이 달걀 황·백 지단이다. 한 면이 얼추 익었을 때 뒤집어야 하는데 성급하게 뒤집느라 찢어 놓고, 또 뒤집는 때를 놓쳐 색이 볼품없이 누레져 망쳐 버렸다. 오기가 나서 달걀 한 판을 예쁘게 될 때까지 지단만 부쳐 댔다. 식탁 위에 찢어지고 누렇게 타 버린 지단으로 하나 가득 상을 차렸다.

식품학, 식품위생학, 공중보건학, 식품위생법이 담긴 두꺼운 교재를 옆구리에 끼고 안방으로 거실로 들고 다니며 공부한 덕에 이론 시험에 통과하고, 실기 시험을 대비해 55가지 음식을 하루에 2가지

씩 마음에 들 때까지 실습했다. 썰고, 조물조물 무치고, 지지고, 볶고, 데치고, 끓이고…….

이번 시험은 손으로 음식을 만들어 내야 하는 실기 시험이기 때문에 이론만 알고 있어서는 안 된다. 손이 말을 듣지 않으면 아무 소용이 없다. 손으로 만들어 내야 한다는 압박으로 시험 준비를 하는 내내 두통에 시달렸다. 조리사 자격증으로 음식점 낼 것도 아닌데 고생을 사서 한다는 후회가 되기도 했다. 하지만 이대로 주저앉을 수는 없었다.

실기시험 날, 등산 배낭에 30여 점이 넘는 주방 기구를 짊어지고 시험장으로 향했다. 시험장 언덕을 오르는데 나처럼 한 짐 지고 올라가는 사람들이 눈에 많이 띄었다.

호텔 요리사처럼 하얀 상의와 무릎까지 덮는 하얀 앞치마를 두르고 머리에 높게 위생 모자를 쓰고는 가스레인지가 줄지어 있는 시험장으로 들어갔다. 소름이 돋을 만큼 긴장이 되었다.

시험 문제로 '비빔밥'과 '수란'이 나왔다. 수란을 만들려고 국자에 기름을 바르고 계란 노른자가 중앙에 오도록 잘 깨뜨려 끓는 물에 중탕했다. 한 김 나가고 수란이 갈라지지 않게 조심해서 떼어 내 완성 그릇에 옮겨 담았다. 수란 위에 실고추, 석이버섯, 대파의 푸른 잎을 최대한 곱게 채 썰어 고명을 올렸다. 칼을 쥔 손이 덜덜 떨려 채 써는데 손끝을 벨 것만 같았다.

비빔밥을 하려고 냄비 밥을 짓고는 넓은 대접에 위가 편편하게 퍼 담았다. 밥을 편편하게 담아야 나물을 올릴 때 흘러내리지 않는다. 도라지, 고사리, 호박, 다시마튀각, 청포묵무침, 다져 볶은 쇠고기 순으로 어두운 색과 밝은 색을 번갈아 올렸다. 채 썬 청포묵을 젓가락으로 들어 밥 위에 올리는데 힘 조절이 잘되지 않았다. 청포묵이 끊어질까 염려되어 애를 먹었다. 다진 쇠고기를 넣어 볶은 빨간 고추장을 나물 위에 올려 비빔밥을 완성했다. 시험을 보고 나오는데 기운이 없어 걷기조차 힘이 들었다.

한식 조리사 과정을 배우고 시험을 치르면서 '거저 얻어지는 것은 없다.' 라는 생각이 들었다. 가족의 건강을 책임진 주부가 화학조미료와 즉석 음식에만 의존하고 성의 없이 음식을 만들어 온 것에 대해 반성했다.

한 달 뒤, 한식 조리사 합격 소식을 들었다. 그 후 양식 조리사 자격증도 취득했다. 조리사 자격증으로 음식점을 낼 계획이 아니었기에 자격증은 큰 의미가 없지만, 조리사 시험을 위해 음식 만들며 보낸 시간이 주방 일을 훨씬 수월하게 했다. 그동안 앓고 있던 속병을 날려 버릴 수 있어 그것으로 충분했다.

아직도 눈대중이 서툴러 계량 숟가락에 의존하지만, 주방에 서서 '무엇을 해 먹을까.' 고민하는 시간이 줄고 음식 만드는 시간이 단축되어 좋다. 무엇보다 식사하는 가족들의 밝은 표정을 지켜볼 수 있어 흐뭇하다.

손맛은 타고나기도 하지만 만들어진다는 생각이 들었다. 오늘은 그동안 배운 콩나물밥, 두부젓국찌개, 표고전, 도라지생채로 맛있는 저녁상을 차려야겠다.

S라인 몸짱 요리 콘테스트

2012년 7월 12일 농협 수원하나로클럽 대강당에서 농촌진흥청 국립축산과학원과 한돈자조금관리위원회 주최로 돼지고기 웰빙 부위인 뒷다리 살, 안심, 등심을 이용한 'S라인 몸짱 요리 콘테스트'가 열렸다. 삼겹살에 편중된 소비 양식을 해결하기 위해 뒷다리 살, 안심, 등심의 우수성을 알리고 소비를 촉진하고자 마련한 대회이다. 이 요리 대회는 한돈 몸짱 요리에 관심이 있는 주부를 참가 대상으로 하고 참가자가 원하는 돼지고기 웰빙 부위를 3kg 정도 지급하면 가정에서 요리 후 현장에 전시하는 대회이다.

대회 소식을 듣고 요리에 관심이 많아 참여하게 됐다. 현장이 아닌 집에서 음식을 만들어 대회장에 전시하기 때문에 부담이 덜 됐다. 참여할 요리는 집에서 해 먹던 음식으로 돼지고기 등심을 이용한 돼지고기채소샐러드이다. 'S라인 몸짱 요리 콘테스트'라는 제목에 걸맞은 다이어트 건강식으로 누구나 쉽게 만들 수 있는 장점이 있다.

요리 대회 이틀 전에 신청했던 돼지고기 등심이 집으로 배달됐다. 이 고기로 연습도 하고 대회 날 전시할 요리도 만들어야 한다. 돼지고기채소샐러드에는 샤브샤브용으로 얇게 썬 고기가 필요해 동네 정육점 아저씨께 부탁했더니, 생선회보다 더 얇은 0.2cm 두께로 썰어 주는 재능기부를 해 주셨다.

대회 당일 새벽에 일어나 돼지고기채소샐러드를 준비했다. 돼지고기 등심은 먹기 좋게 3등분해서 생강가루, 소금, 후추에 30분 미리 재 두고 색색의 파프리카를 다져 넣고 연겨자레몬드레싱을 만들었다. 양상추와 치커리는 깨끗이 씻어 물기를 빼고 오이는 동그랗고 얇게 썰어 준비했다. 토마토는 반달 모양으로 도톰하게 8등분하고 마늘은 편으로 썰어 기름에 튀겼다. 다시마 우린 물에 된장을 풀고 돼지고기를 익힌 후 찬물에 헹궜다. 준비한 재료를 모두 통에 담고 요리 전시에 쓸 접시를 챙겨 일찍 집을 나섰다.

서두르다 보니 대회장에 너무 일찍 도착했다. 아직 참가자는 보이지 않고 주최 측이 대회 준비를 위해 바삐 움직였다. 한쪽 테이블에서 준비한 음식을 접시에 담는데 손끝이 떨렸다. 제일 먼저 양상추를 접시에 깔고 치커리, 토마토, 오이, 튀긴 마늘을 돌려 담고 가운데에 돼지고기를 소복하게 담았다. 마지막으로 돼지고기 위에 연겨자레몬드레싱을 올렸다. 접시에 색깔 채소가 모두 모여 꽃처럼 화사해졌다. 대회장에 마련된 '돼지고기채소샐러드' 라고 적힌 이름표 앞에 접시를 놓았다. 50여 명의 주부가 속속 모여들고 음식이 전시되었다. 안심돈가스, 돼지를 품은 단호박, 삼색뒷다리경단쌈, 돼지고기수삼냉채, 돼지고기등심꼬치, 꾸러기튼튼볼, 한돈뱅어무침 등 모두 돼지고기 뒷다리 살, 등심, 안심으로 만든 음식이다. 소품으로 연잎, 호박넝쿨, 포도나무 가지, 키, 항아리 뚜껑 등이 등장했다.

　방송국에서 취재를 나와 카메라 여러 대가 움직였다. 방송기자의 사진 촬영과 인터뷰가 진행되었다. 한쪽에서 부대 행사로 신안산대학교 호텔조리학과 교수의 '또띠아 돈돈 퀘사딜라' 요리 시연이 있고, 또 한쪽에서는 농촌진흥청 국립축산과학원에서 삼겹살이나 목살에 편중된 소비를 대체할 수 있는 부채살, 주걱살, 구리살, 홍두깨살을 구워 시식회를 했다. 이 부위는 구워 먹을 때 퍽퍽하지 않아 구이용으로 적합하고 맛이 좋았다.

　부대 행사를 하는 동안 호텔 주방장과 호텔조리학과 교수 등으로 이루어진 6명의 심사위원이 영양성, 독창성, 대중성, 맛, 모양 등의 심사 기준으로 참가작 심사를 했다. 내가 참여한 돼지고기채소샐러드 앞에 심사위원이 다가섰다. 심사하는 동안 옆에 서서 음식에 대한 보충 설명을 했다.

　"돼지고기를 가장 담백하게 먹을 수 있는 방법으로 열량을 낮춰 만든 음식이에요. 돼지고기 등심을 이용해서 삼겹살보다 열량이 적고, 튀기지 않고 삶는 방법을 택했기 때문에 대회 제목처럼 'S라인 몸짱 요리'라고 할 수 있어요. 찬 성질의 돼지고기와 따뜻한 성질의 마늘이 궁합이 잘 맞는 음식이라 돼지고기 등심에 마늘 튀긴 것을 올렸어요. 그리고 요즘 칼라 푸드가 대세잖아요. 색깔 채소를 즐기면 건강에 좋다고 해서 빨강, 노랑, 초록, 보라 파프리카를 다져 넣은 드레싱을 준비했는데, 드레싱은 연겨자에 레몬을 넣어 열량이 높지 않아요. 이상입니다."

드디어 심사 발표 시간. 심사위원장은 결과를 발표하기에 앞서 심사하면서 아쉬웠던 점을 일러 주었다. 만든 음식을 어울리지 않는 그릇에 담으면 음식 맛이 덜하고 그릇에 빈틈없이 꽉 채워 담으면 여백이 없어 갑갑한 느낌이 든다며 그릇의 중요성을 짚어 주었다. 이어 대상 1명, 최우수상 5명, 우수상 10명이 발표되자 여기저기서 환호와 박수가 나왔다. 대상은 삼색뒷다리경단쌈을 만든 주부가 받았다. 돼지고기 뒷다리 살을 다져 경단을 만들고 데친 양배추로 감싼 후, 당근과 잣으로 멋을 낸 요리이다. 생각지도 않았는데 내 참가 번호가 우수상 10명의 명단에 끼어 있어 대상을 받은 것만큼이나 기뻤다.

우리나라 사람들이 가장 좋아하는 고기가 돼지고기 삼겹살로, 삼겹살 편애는 어제오늘 일이 아니다. 지난해 시장에 공급된 삼겹살은 약 27만 3천 톤인데 이 가운데 15만 3천 톤이 수입이었다. 수입하는 나라로는 호주, 칠레, 프랑스, 캐나다, 덴마크, 독일, 네덜란드 등인데 세계의 삼겹살을 모두 우리나라가 소비하는 건 아닌지 염려가 되었다.

서양에서는 앞다리 살, 뒷다리 살을 선호하고 삼겹살은 선호하지 않아 일부 버리거나 베이컨으로 활용해 소비하고 있다는데, 우리나라는 삼겹살이라는 특정 부위로 편중된 소비가 가격 상승은 물론 다른 부위의 재고를 낳아 양돈 농가가 어려움을 겪고 있다. 돼지고기 뒷다리 살은 단백질 함량이 20.0%로 삼겹살의 14.9%보다 높지만, 지방은 19.5%로 삼겹살에 비해 크게 낮아 다이어트에 좋다. 삼겹살보다 두세 배 낮은 가격의 고단백 저지방 식품이다.

'S라인 몸짱 요리 콘테스트'에 참여하면서 돼지고기 뒷다리 살, 안심, 등심이 지금까지 알고 있었던 것보다 훨씬 우수하다는 것을 알게 됐다. 일본은 안심과 등심 부위가 다른 부위에 비해 가격이 서너 배나 비싼데 그에 반해 우리나라는 뒷다리 살, 안심, 등심이 다른 부위보다 저렴한 만큼 음식에 많이 활용하면 좋겠다.

주최 측에서 대회 참가작을 모아 요리책을 만들어 배포했다. 돼지고기 웰빙 부위의 우수성을 알리기 위해서다. 주부들이 돼지고기의 우수한 웰빙 부위로 요리를 해 가족의 건강을 챙긴다면 양돈 농가에게 큰 힘이 되고 어려움도 해결될 것이다.

1등의 기쁨

"빨리! 빨리! 빨리!"

안방에서 와이셔츠를 다리고 있는데 거실에서 TV를 보던 남편이 다급하게 부른다. 저 소리는 TV에 혼자 보기 아까운 장면이 나왔으니 얼른 뛰쳐나오라는 소리다. '빨리 빨리' 소리에 번번이 뛰어가지만 한 번도 남편이 보라는 장면을 본 적이 없다. TV 화면이 발걸음보다 훨씬 빨리 바뀐다는 걸 알면서도 나는 또 거실로 나왔다. 무얼 보라는 거지? TV에 시선을 둔 채로 남편에게 물었다.

"왜? 왜?"

"에이, 지나갔네. 빨리 나오지."

늘 이런 식이다.

"'청정원'에서 카레를 출시하면서 '카레여왕 맛 보증 이벤트'를 하는데, 온라인 게시판에 시식 평을 올리면 일등한 한 사람에게만 상금 2백만 원을 준대. 해 봐."

깜짝 놀랐다. 2등, 3등도 없이 1등 한 사람에게 상금을 몰아주고, 참가한 사람 중에 3천 명을 뽑아 카레 2종을 선물로 준다고 했다.

"2, 3등이 있으면 해 보겠는데 1등을? 내가? 에이, 말도 안 돼. 신제품 출시했다고 지상파에서 저렇게 광고를 자주 하는데. 자신 없어. 날고 기는 사람들이 얼마나 많은데……."

고민할 것도 없이 1등은 무리다.

그리고 열흘 뒤쯤, 마트에서 장을 보는데 진열대에 꽂힌 청정원 카레가 내게 손짓한다. '이리 와 봐. 상금이 자그마치 2백만 원이야. 뭘 망설여.' 장바구니를 들고 진열된 카레 앞에 섰다. '해? 말아? 해? 말아?' 고민하다가 카레로 동네잔치를 할 사람마냥 3분 카레인 야채카레, 비프카레, 치킨카레 그리고 카레 가루인 '구운 마늘 & 양파 맛', '망고 & 바나나 맛', '토마토 & 요구르트 맛'을 모두 장바구니에 담았다. 쿠폰 할인 받아 산 카레 값만 14,000원 정도 됐다. 이왕 칼을 뽑았으니 제대로 할 것이다. 후회 없게. 시식 평만 쓸 게 아니라 카레를 이용해서 만들 요리 제안도 하고 만드는 과정과 완성 사진도 같이 올릴 생각이다. 카레와 어울릴 메뉴를 생각해서 스파게티면, 떡볶이 떡, 돈가스, 오징어, 새우, 양파, 브로콜리, 파프리카로 장을 보고 카레 요리를 담을 오목한 흰색 그릇도 샀다. 흰색이 요리를 담았을 때 가장 먹음직스럽고 사진을 찍었을 때 음식이 돋보인다. 참가상이 아닌 단 한 사람을 뽑는 1등에 도전하고 싶어서 작은 것까지 놓치지 않고 준비했다.

어설프지만 각각의 카레 맛에 어울리는 레시피를 만들어 주방 벽에 붙여 놓고는 음식을 만들고 사진을 찍고 맛 평가를 하면서 일주

일을 보냈다. 3분 카레 3가지는 끓는 물에 데워 따뜻한 밥에 부어 사진을 찍고 맛 평가를 했다. '구운 마늘 & 양파 맛' 카레 가루로 만든 떡볶이, '망고 & 바나나 맛' 카레 가루로 만든 카레돈가스, '토마토 & 요구르트 맛' 카레로는 오징어와 새우 넣은 해물카레스파게티를 만들었다. 식탁 위에 카레 음식을 올려놓고 온기가 가시기 전에 사진을 찍었다.

음식은 만들어서 바로 먹어야 제맛인 것처럼 음식 사진도 바로 찍어야 맛있는 사진이 나온다. 사진이 중요하기 때문에 맛있게 먹는 것은 포기하고 위에서 찍고 아래에서 찍고 좌우로 돌아가며 사진을 찍어 댔다. 디지털 카메라여서 다행이지, 필름 카메라였으면 필름 값이 엄청날 뻔했다. 사진을 찍다 보니 요리 사진 찍는 작가가 된 기분이다. 이벤트에 응모하는데 식구들도 카레 맛을 보고 맛 평가를 하면서 이것저것 거들었다.

시식 평을 정리해서 인터넷 사이트 게시판에 들어갔더니 TV 광고가 한몫을 했는지 많은 사람들이 응모했다. 나도 그들 틈에 끼어 6가지의 카레 맛, 향, 식감을 평가한 장단점과 각각의 맛에 어울리는 맛있는 카레 요리 사진을 올렸다. 여러 날 공부하듯이 애를 써 정리한 자료를 게시판에 올려놓고 나니 시험 끝낸 학생처럼 후련했다. 꿈같은 일이지만 1등이라는 전화가 올까? 설마? 아무 연락 없이 참가상인 카레가 택배 아저씨 손에 배달될 수도 있다. 이미 쏜 화살이다.

일상으로 돌아왔다. 그날도 밥 짓고 빨래하며 평소와 같은 날을 보내고 있는데 전화가 왔다. 남자 목소리였다. 카레여왕 맛 보증 이벤트에서 1등에 당첨됐다며 22% 제세공과금인 44만 원을 입금하면 1

등 상금인 2백만 원을 바로 입금해 주겠다고 했다. 1등이라는 말에 놀라 어쩔 줄 몰랐다. 꿈이야 생시야. 이런 기분 처음이었다. 전국에서 참여했을 텐데 1등 단 한 사람, 로또 같은 행운의 주인공이 나라니. 그런데 기쁨도 잠시, 제세공과금인 44만 원을 먼저 입금시켜 달라는 말에 잠시 주춤했다. 22% 제세공과금을 내야 한다는 것은 공지되었던 것이라 알고 있었는데 선 입금해야 한다는 것이 마음에 걸렸다. 자꾸 보이스피싱, 전화금융사기단이 떠올라 속없이 기뻐할 수 없었다.

"죄송한데요. 못 믿어서가 아니라 하도 이상한 일들이 많아서 제세공과금을 제하고 보내 주시면 안 되나요?"

업무상 상금 금액이 2백만 원이기 때문에 제세공과금을 제한 차액이 아닌 2백만 원이 나가야 한다고 했다. 그냥 믿고 보내기에는 44만 원이 적은 금액이 아니다. 1등 당첨을 알려 주신 남자 분에게는 죄송하지만, 이벤트 주최했던 곳에 확인한 후에 입금해도 되겠냐고 양해를 구하고 전화를 끊었다. 확인 결과, 1등이라는 말에 전화 준 남자 분에게 미안한 마음이 들었는데 이해해 줄 것으로 믿었다.

기적 같은 일이다. 그제서 1등의 기쁨을 만끽하려고 했는데 집에 같이 손을 맞잡고 겅중겅중 뛰어 줄 사람이 없다. 이벤트에 응모하라고 등 떠밀어 준 남편에게 전화했더니, 정말이냐며 믿기지 않는 듯 놀라워했다. 모둠전집에서 후배들과 막걸리 한잔 하는 중이라는데 1등 턱을 내게 생겼다며 좋아했다. 아이들도 최고라며 스마트폰 카카오톡에 엄지손가락을 치켜세운 이모티콘을 날려 보냈다.

살다 보니 이런 일도 생긴다. 단 한 사람을 뽑는 1등의 주인공이 나라는 것이 믿기지 않는다. 겁을 먹어 뒤로 물러나서 그렇지, 하면 되는구나. 상금이 통장으로 입금됐는데 귀하고 소중해서 찾지 않고 고이 모셔 두었다. 가끔 거금 '2,000,000'이라고 찍힌 나만의 통장을 들여다보면 청량제를 먹은 것처럼 반짝 힘이 솟는다. 카레여왕 이벤트 응모로 가족과 함께 꿈같은 추억을 만들고 1등도 할 수 있다는 자신감도 얻었다.

일요일엔 남편이 요리사

평일에는 깨워도 일어나지 않던 남편이 휴일은 어찌 알고 청개구리처럼 새벽같이 일어나 부스럭거리며 왔다 갔다 한다. 휴일에는 평일에 못 잔 잠을 자면 좋으련만 일찍 일어나 혼자 바쁘다. 처음에는 남편 인기척에 졸린 눈을 비비고 옆에 서서 조수 노릇을 했었는데 한두 번 있는 일이 아니어서 이제는 평일에 못 잔 잠을 마저 자며 침대에서 뭉개고 있다.

주방에서 혼잣말이 들려온다. "오늘 아침은 뭘 할까?" 냉장고 채소 서랍 뒤지는 소리가 나더니 "호박도 있고 양파도 있고. 된장찌개를 해야겠군. 두부는 어디 있나." 남편의 혼잣말이 리듬을 탄다. 내 도움이 전혀 필요 없는 자칭 숙련된 특급 요리사다. '탁탁 탁탁탁!' 소리만으로도 칼질이 남다르다. 가스 불 켜는 소리가 들린다. 된장찌개 뚝배기를 불에 올렸을 테고. 베란다 문 여는 소리, 책장 넘기는 소리가 난다. 베란다에서 어제 읽다만 추리소설을 읽고 있을 테고. '지지직' 국물 넘치는 소리, 주방으로 뛰어가는 소리, 뚜껑 여는 소리가 연이어 들린다. "앗 뜨거! 가만있어 보자. 대파가 어디 있더라."

주방에서 분주하던 남편이 이제 8시가 넘었으니 어서 일어나란다. '쿵쿵쿵' 공룡 발자국 소리를 내며 애들 방으로 건너가 굵은 목소리로 아이들을 마저 깨운다.

"야야, 안 일어나니? 기상! 기상!"

다시 주방으로 발길을 옮겨 계란을 풀고 양파를 다지고 프라이팬에 기름을 두른다. 남편이 계란말이를 하는 동안 우리는 세수를 하고 주방으로 모인다. 남편이 큰애에게 물 따르라고 하고 작은애에게는 수저를 놓으라 하고 내게는 밥을 푸란다. 우리는 잠이 덜 깬 채 물을 따르고 수저를 놓고 밥을 푼다. 남편은 뚝배기에 끓인 된장찌개를 식탁으로 옮기고 계란말이를 썰어 접시에 가지런히 담는다. 정성으로 차린 아침상에 둘러앉으면 남편이 우렁차게 "식사 개시!"라고 외친다. "잘 먹겠습니다!" 합창하고 수저를 든다. 이럴 때는 꼭 군대 같다. 음식 맛을 본 후 우리가 꼭 해야 할 일이 있다. "정말 맛있어요." 이 말을 잊으면 남편이 섭섭해한다. 그런데 빈말이 아니다. 남편은 남자인데도 손맛이 좋다. 레시피도 없이 대충 간을 맞추는데 맛이 좋다. 가끔 영 제맛이 아닐 때도 있지만 손에 꼽을 정도다. 작은 아이가 유치원에 다닐 때 눈치 없이 '맛이 별로예요.'라고 소신 발언을 했다가 남편이 삐친 적이 있다. "먹지 마. 뭐가 맛이 없어. 맛만 좋네.' 너무 솔직해서 밥상에서 내쫓길 뻔했다.

신혼 때였다. 어머님이 다니러 오셔서 날도 궂고 하니 김치부침개를 해 먹자고 하셨다. 부침개 하나 부치는데 솜씨가 없어 쩔쩔맸더니 신랑이 직접 하겠다고 나섰다. 뒤집개도 필요 없이 김치부침개를 허공에 날려 뒤집으며 묘기를 부리는 신랑 옆에 서 있는데 어머님이 부르셨다.

"부치는 사람은 부치라 하고 어여 들어와서 따뜻할 때 먹어라. 우리 집은 그리해도 괜찮다."

신랑을 주방에 세워 두고 시어머니 앞에 앉아 받아먹는다는 것이 영 염치없다. 그런데 시댁에서는 이런 일이 예삿일이라는 걸 살아가면서 알게 됐다. 차례 음식을 하러 큰댁에 갔을 때 음식 준비하는 세 며느리를 위해 큰아주버님이 점심으로 잔치국수를 차려 주셨다. 멸치로 국물을 내 만들었다며 맛이 어떠냐고 하시는데 이제 갓 시집 온 새색시에게는 그저 황송할 따름이었다. 비빔국수는 고추장으로 대충 맛을 흉내 낼 수 있지만 잔치국수는 비빔국수와는 다르게 맛내기가 쉽지 않다. 한두 번 해 본 솜씨가 아닌 듯하다. 멸치 향이 진하고 깔끔한 똑떨어지는 맛이었던 것으로 기억된다. 큰아주버님이 차려 주신 잔치국수를 먹는 세 며느리들 모습이 참으로 신선했다.

아이들은 엄마가 해 주는 음식도 좋아하지만 아빠가 해 주는 별식도 좋아한다. 표고버섯을 편으로 썰어 넣고 만든 소스를 돈가스에 얹어 주면 엄지손가락을 추겨세우며 맛있게도 먹는다. 돈가스 가게를 차려도 되겠다고 하면 남편이 흐뭇해 한다. 1인분에 얼마를 받아야 할지 궁리하며 곧 창업이라도 할 태세다. 다진 마늘을 버터에 볶아 마늘 향을 내 왕새우를 넣어 익힌 아빠표 마늘새우도 아이들이 좋아하는 메뉴 중 하나다. 삼겹살 수육은 얇게 썰어야 제맛이라는 작은아주버님은 남편이 얇게 썬 삼겹살 수육을 특별히 좋아하신다.

큰딸은 주방 일에 관심이 없다. 내가 외출할 일이 있어 집을 비우면 밥상 차리는 게 귀찮아 굶고 있다가 아빠가 차려 주는 밥상을 받아먹는다. 아빠가 차려 준 밥상을 맛있게 먹던 아이가 얼마 전 결혼을 했다. 우리 모두 밥이나 제대로 끓여 먹으려나 걱정이 컸다. 그런데 닥치면 다 한다는 말이 맞나 보다. 식재료를 사다 집에서 음식을 해 먹는다니 신통하다. 새댁이 엄마 손도 빌리지 않고 인터넷 요리 레시피를 보고 음식을 만들어 친구들 집들이를 했다. 이는 상상도 할 수 없는 놀라운 일이다. 우렁각시가 다녀간 게 분명하다. 결혼 전에 아이가 '내가 정말 잘할 수 있을까?' 하고 걱정을 하길래 '네가 하지 않아서 그렇지 하면 잘할 거야.' 라고 응원의 말을 해 줬는데 딸은 응원의 말처럼 잘 꾸려 가고 있다.

결혼한 딸이 아빠가 해 줬던 해물된장찌개와 마늘새우가 생각난다며 이번 주말에 놀러 갈 테니 해 달라고 아빠 휴대폰에 문자를 날렸다.

남편이 해물 장을 보러 시장에 가자고 앞장선다. 앞서 걷는 남편의 발걸음이 사뿐사뿐 가볍다. 남편은 벌써 딸과 사위가 해물된장찌개를 맛있게 먹는 그림을 허공에 그리며 웃는다.

안양시 향토 음식 맛자랑
경연대회장에서

안양아트센터 컨벤션홀에 안양의 산해진미가 모두 모였다. 한자리에 모이기 쉽지 않은데 컨벤션홀에 모두 모여 지지고 볶느라 동네잔치가 열린 듯, 때 아닌 음식 냄새가 요란하다. 흰색 조리복을 단정하게 입은 조리장들의 비장함에 긴장감이 돈다.

2012년 6월 12일 경기도 안양시 안양아트센터 컨벤션홀에서 '안양시 향토 음식 맛자랑 경연대회'가 열렸다. 지역의 특색 있는 향토 음식을 발굴하고 홍보하기 위해 열린 요리 대회로 안양의 내로라하는 음식점 업주 24개 팀이 참가했다. 곰탕, 추어탕, 갈비탕, 설렁탕, 백숙, 보쌈, 샤브샤브, 탕수육, 묵은지찜, 알죽, 참치회, 물회 등 참가 요리도 다양하다. 대회장 가장자리에 빙 둘러 요리할 수 있는 테이블이 놓여졌다. 참가자들이 음식점의 대표 요리를 들고 나와 주어진 시간 안에 최상의 요리를 만들게 되는데, 떨리는 손끝에서 탄생하게 될 그들의 요리가 기대된다.

중국 요릿집 주방장 아저씨는 밀가루 반죽 한 덩이를 길게 늘여 양 손에 쥐고 마술처럼 면발을 뽑았다. 주방장의 손길이 닿을 때마다 보통 굵기의 짜장면 면발이 되었다가 바늘귀에 꿰어도 좋을 아주 가는 면발이 되어 바닥에 닿을 듯 말 듯 늘어져 낭창댔다.

출품 음식의 이해를 돕기 위해 '콜라겐이 풍부한 소꼬리 육수에 매운 소스를 더하고 부족한 비타민과 무기질을 버섯과 연근으로 보충한 누구나 즐길 수 있는 영양 보양식입니다.' 라고 조리 포인트를 보기 좋게 설명해 놓기도 하고, 요리 장식에 쓸 예쁜 꽃을 소품으로 준비한 팀도 있다.

저마다 다른 팀과 차별화된 자신만의 요리 만들기에 재빠른 손놀림이 분주하다. 요리하는 과정을 지켜보자니 TV 음식 드라마 '신들의 만찬' 요리 경합 신이 떠오른다. 요리 경합 장면을 보면서 손에 땀을 쥐었는데 그때 느꼈던 긴장감을 안양시 맛자랑 경연대회에서 고스란히 느낄 수 있었다. 눈에 보기 좋은 떡이 맛도 좋다고 했다. 눈으로 한 번 먹고 입으로 또 한 번, 그리고 귀로 듣는 끓는 소리까지 맛있는 요리를 만들어 냈다.

심사위원들이 채점을 하기 위해 바쁘게 움직인다. 심사 결과를 기다리는 동안 대회장 주변을 돌아보았다. 복도에 전시된 요리에 사람들의 눈길이 모였다. 색감이 뛰어난 밀쌈과 신설로, 각각의 맛을 들인 세 가지 보쌈고기와 김치, 날배추, 콩나물무침, 무말랭이무침을 소복하게 담은 보쌈 세트가 아주 먹음직스럽다. 빨간 천에 놓인 탕수육, 군만두, 짬뽕. 한입에 먹기 좋은 무쌈말이, 오이초밥에 갑자기 시장기가 돈다. 마당에 펼쳐진 시식 코너에는 작년에 대상 받은 명

가원 설농탕에서 시민들에게 깊은 맛을 선보이고 있다. 하얀 천막 아래 어르신들이 음식 대접을 받고 관내 먹거리 업체에서 무료시식 행사를 하는데 사람들의 반응이 뜨겁다. 길게 줄지어 빵, 떡, 김치, 카레, 아이스크림, 음료 등 다양한 맛을 보며 음식 이야기로 즐겁다.

업소용 주방용품이 전시되어 있어 기웃거렸다. 기능성 좋은 주방용품이 다양하다. 업소용 주방용품은 기능성이 뛰어나 가정에서 사용해도 좋을 만한 것이 많다.

수상자 발표 시간이 되었다. 어떤 요리가 상을 받을까? 긴장된 순간이다. 황제백숙 음식점에서 출품한 요리인 '옻나무황제백숙과 엄나무황제백숙'이 대상을 거머쥐었다. 엄나무, 옻나무, 수삼 등 한약재를 넣고 전복과 낙지를 더해 힘이 불끈불끈 날 것 같은 맛과 멋, 건강까지 다 잡은 일품요리다. 다음으로 가송나주곰탕에서 출품한 나주곰탕이 최우수상을 받았다. 이어 참치갈비묵은지찜과 전복해물짬뽕이 우수상을 받고, 매운꼬리찜과 전통설렁탕, 새우 따브나드부루스케타, 아람전골, 능이버섯오리백숙이 장려상을 받았다. 대상을 받은 조리장은 뭉클했는지 그 자리에 주저앉아 눈물을 감추는 듯했다. 상장과 상금이 수여됐는데 받은 상금을 어려운 이웃을 돕는데 쓰라며 기꺼이 기부해 큰 박수를 받았다. 수상하지 못해 아쉬움이 컸을 다른 참가자들에게도 박수를 보냈다. 대회에 참가한 24개 팀 모두 안양을 대표하는 요리이다.

시상식 후에 가진 시식 시간은 시민과 함께하는 축제가 되었다. 동네 큰 잔치에 이웃과 함께 음식을 나누는 정이 느껴졌다. 20여 가지가 넘는 요리를 한자리에서 맛볼 수 있다니 감동이다. 맛자랑 요리 대회가 아니고서는 맛볼 수 없는 호사다. 젓가락을 들고 24가지 맛을 보는데 '아, 맛있다.'는 말이 저절로 나왔다. 최고의 만찬이다. 음식점 업주는 출품한 요리를 대접하고 시민들은 그 음식 맛을 보면서 구수한 음식 이야기를 나눴다. 음식 맛에 반해 홍보용 명함을 챙겨 들고는 곧 들러 보겠노라는 인사도 잊지 않았다.

요리 대회를 보고 나니 대회에 참여한 음식점과 요리에 믿음이 가고 관심도 생겼다. '오늘은 뭘 먹지?', '어디 맛있는 집 없나?' 하는 고민이 될 때가 있는데 이제 갈 곳이 생겨 든든하다. 가족과 외식을 하거나 지인들과의 모임이 있을 때 한 집씩 찾아가 출품 요리 맛을 즐기고 싶다.

우리는 배를 채우기 위해 음식을 먹는 시대에서 음식 문화를 즐기는 변화된 시대에 살고 있다. 살기 위해 먹느냐? 먹기 위해 사느냐? 하는 질문에 고민할 것도 없이 먹기 위해 사는 거 아니냐고 답할 정도로 먹는 즐거움이 크다.

삶은 맛있는 여행이다.

3

그들만의 이야기

가족 여행

아버지가 인생의 손수레에 자식 넷을 태우고 언덕을 오르신다. 어머니가 뒤에서 밀고 계셨지만, 아버지는 여전히 힘이 부친다. 힘겨워하는 아버지 뒷모습에 손수레에서 내리고 싶었다.

느긋하시길 바랐는데 아버지는 평생 조바심을 내며 사셨다. 마음이 편치 않다. 당신의 이상이 높았지만 아버지 앞에 놓인 세상은 녹록치 않았다. 한잔 술에 휘청이며 손수레를 끄는 날이 잦아지고 어머니는 손수레가 요동치지 않도록 온 힘을 다해 잡아 주셨지만, 자식들 마음에 크고 작은 멍이 들었다.

얼른 커서 아버지 손수레를 밀어드려야겠다는 생각을 키우며 자랐는데, 큰 도움이 되지 못하고 결혼을 했다. 결혼으로 아버지와 떨어져 지낸 시간이 치료약이 되어 아버지를 향해 세운 날이 조금씩 무뎌졌다. 하지만, 어린 나이에 유독 힘들어하던 막내인 남동생에게 세월은 약이 되지 못하고 오히려 상처가 곪고 덧이 나는 시간이었다. 그렇게 마음고생을 하던 동생이 아버지와 어머니 모시고 강원도 고성으로 여행을 가자고 한다.

아버지와 관계가 좋지 않았던 직장 상사가 동생에게 "아버지 돌아가시고 나니 후회만 남더라."며 콘도를 빌려 줄 테니 아버지와 여행하면서 마음의 응어리를 풀라고 하더란다. 흘려들을 수 없는 조언이었고 배려였다.

아버지 건강이 예전 같지 않아 어쩌면 마지막 가족 여행이 될지도 모른다는 생각에 서둘러 여행 날을 잡았지만, 걸음걸이가 더딘 아버지는 이도 저도 다 귀찮다며 마다하셨다. 여러 번 권유에도 그냥 집에 남겠다던 아버지가 동생의 말 한마디에 앞장 서신다. 집에 올 때는 진부령 쪽으로 올 거라는 말에 단지 젊은 시절 군대 생활했던 진부령 생각에 따라나선 것이다.

고속도로를 달리는데 고성의 헐벗은 산이 아프게 다가온다. 지난번 큰 산불로 회색의 민둥산이 되어 버린 높은 산에 아기 나무를 군데군데 심어 놓았지만 쓸쓸하고 삭막하다. 숲이 유난히 우거져 든든했는데 가엾기만 하다. 다시 예전 모습을 찾을 수 있을까? 어린나무가 홍수, 가뭄, 태풍 등 크고 작은 고통의 시간을 참고 견뎌 내야 일어설 수 있을 텐데…….

숲이 보기 좋을 때 잘 돌보고 산불이 나지 않게 잘 지켰어야 했다. 다 타고 재가 된 후에는 이미 때가 늦다. 하지만, 늦었다고 생각될 때 다시 시작해야 하는 남다른 마음가짐이 필요하다. 동생이 다시 시작하려고 아버지와 여행을 떠나는 것처럼.

동생은 고성에 도착하자마자 바닷가 횟집으로 가더니 아버지가 드시기 좋은 음식인 생선회와 탕을 주문하고 옆에 앉아 열심히 시중을 든다. 아버지는 바닷가라 회가 싱싱하다며 몇 개 남지 않은 이로 달게 잡수셨다. 시중 드는 아들과 시중 받는 아버지, 서먹해하는 부자 모습에 온기가 돈다.

아버지는 당신이 끌던 손수레를 동생에게 넘겨주고 마음 편안해하셨는데 어느 날 갑자기 좋아하던 책도 덮고 가족에게 누워 있는 모습을 자주 보이셨다. 옛일을 들춰 왜 그러셨느냐고, 그때 너무 힘들었다고 하소연할 이유가 없어진 것이다.

어머니와 바닷가로 산책을 나갔다. 동생이 아버지와 함께 콘도 베란다에서 우리를 지켜본다. 아버지는 모든 것이 성가시다. 걷는 것이 귀찮아 바다 구경도 마다하고 어린아이처럼 진부령에 언제 가느냐고 재촉하신다. 온통 진부령 생각뿐이다.

"평생 마음을 끓이며 살다가 이제 좀 누그러졌나 했더니, 잘 걷지도 못하고 좋은 시절 다 보냈다."라며 어머니가 넋두리하셨다. 같이 산책에 나서지 못하는 아버지가 마음에 걸려 하시는 말씀이다.

사람들이 바닷가에서 작대기로 무언가를 건져 올린다. 가까이 가보니 파도에 밀려 나오는 다시마를 건져 내고 있다. 투명한 바다, 끝없이 밀려오는 다시마가 살랑살랑 발목을 잡아 바다에 한참 붙들려 있었다.

저녁상에 한 보따리 건져 온 다시마로 국물을 내 버섯된장찌개를 끓이고, 보드랍게 데친 다시마로 쌈을 싸서 아버지 어머니 입에 넣어 드렸더니 맛있게 드신다. 남은 다시마를 베란다 빨랫줄에 광목 기저귀 널듯 널어놓았다. 바다 냄새가 향긋하다.

식사 후에 노래방으로 자리를 옮겼다. 마흔 넘긴 딸과 서른 넘긴 아들이 부모님 앞에 재롱둥이가 되어 탬버린 춤을 춘다. 「섬마을 선생님」, 「아씨」, 「개똥벌레」 노래도 덩달아 어깨춤을 추고 노래 끝에 웃음이 매달린다.

다음 날 아침, 서둘러 아버지가 보고 싶어 하던 꼬불꼬불 진부령으로 향했다. 진부령으로 가는 동안 아버지가 들려주시는 군대 이야기가 전설 따라 삼천리처럼 길게 꼬리를 물고 이어졌다.

"군대 있을 때가 좋았어. 걱정도 근심도 없고 그때만큼은 마음이 편했으니까……."

군대는 다시 가고 싶지 않다고들 하던데 아버지는 군대 생활할 때가 제일 좋았다고 한다. 부담에서 놓여난 시간이었기 때문이란다. 맏아들이었던 아버지는 징용으로 끌려간 할아버지의 부재로 가족의 생계를 책임져야 한다는 부담에서 삶이 버거우셨던 게다. 별반 나을 것 없는 결혼 생활마저 마음을 짓눌렀을지도 모른다. 군대도 징용도 처음 듣게 된 아버지의 혼잣말이 시리다.

아버지가 처자식을 앞세우고 옛 추억을 더듬어 찾아왔건만 꿈에 그리던 그곳은 상전이 벽해가 되어 옛 모습은 흔적도 찾을 수 없었다. 그래도 50년 전의 군대 생활이 스쳐 간 듯 아버지의 입가에 미소가 번진다.

동생의 마음 씀으로 떠나게 되었던 가족 여행은 저마다 가슴에 맺힌 작은 응어리들을 풀어 주었고 가족 간의 화목을 배가시켜 주었다. 여행 내내 아버지의 손발이 된 동생의 마음에도 새살이 돋는다.

＊마로니에전국여성백일장 산문 입상, 한국문화예술위원회, 2006

씨가축을 지켜라!

농촌진흥청 주부블로그기자단 담당자에게 전화가 왔다. 이틀 뒤에 화성시농업기술센터에서 구제역 방역 약품을 지원하는 행사가 있는데 취재가 가능하냐고 묻는다. 구제역이라는 말에 잠시 망설였지만, 사람에게는 전염이 되지 않는다는 발표가 있었기에 염려를 놓고 임하기로 했다. 구제역으로 농촌이 어수선하고 전국이 비상이다.

농촌진흥청 주부블로그기자단은 전국에 100명이 활동하고 있다. 주부블로그기자는 각자의 지역에서 최신 농업기술 및 농업·농촌의 가치와 생활 밀착형 정보를 시기별, 이슈별로 발굴해 국민에게 널리 알릴 수 있는 홍보 도우미 역할과 귀농·귀촌, 도시 농업, 생활원예, 텃밭 가꾸기, 농촌 체험 등 생활과 밀접한 현장을 소개한다.

2010년 4월 28일, 가득 충전된 여벌 배터리와 작은 카메라를 하나 더 챙겨 집을 나섰다. 농촌진흥청에서 농촌진흥청장의 활동을 사진에 담는 담당 기자를 만나 화성시농업기술센터로 향했다. 축산 농가의 근심만큼 쌀쌀한 날씨에 이슬비가 안개처럼 내렸다.

장소에 도착하니 구제역 방역 약품 지원행사를 취재하기 위해 TV 보도국 기자, 농촌일보 기자, 지역신문 기자들이 모여 삼각대 위에 카메라를 얹어 놓고 대기하고 있었다. 생각보다 많은 기자들을 보니 사태의 심각성을 알 수 있었다. 농촌진흥청 방송홍보팀의 팀장이 취재기자의 요청에 의해 촬영을 진행했다. 팀장의 지시에 따라 소독 약품을 실은 방역 차량이 두세 차례 방향을 틀어 자리를 옮겼다. 사진에 담기 좋은 방향을 맞추기 위해서다. 여기저기서 플래시가 마구 터졌다. TV 보도국 기자는 뉴스에 내보낼 영상 촬영을 하고 신문 기자는 지면에 실을 사진 촬영을 했다. 나도 그들과 사진을 열심히 찍었다. 바닥에 높게 쌓아 놓은 방역 약품 사진, 농촌진흥청장이 방역 차량에 소독 약품을 싣는 장면, 방역 차량에 가득 실린 소독약품 사진 등 자료가 될 만한 것은 모두 사진기에 담았다. 촬영할 수 있는 시간이 지나면 다시는 이 현장을 찍을 수 없기 때문에 될 수 있으면 여러 컷 찍어 두는 것이 좋다.

다음 장소는 경기도 화성시 봉담읍 내리에 있는 한 축산 농가이다. 기자들은 집기를 챙겨 각자의 차에 신속하게 올라탔다. 방역차가 축사에 소독약 뿌리는 장면을 사진기에 담기 위해서다. 선두로 방역차가 먼저 나서고 방역차 뒤를 기자의 차량들이 줄지어 꼬리를 물고 따라갔다. 여전히 비는 그칠 줄 모르고 내린다. 방역차는 기자들을 위해 소 축사에 서너 차례 소독약 뿌리는 장면을 연출해 주고는 소독약을 하얗게 뿌리며 마을로 들어갔다. 나이가 많아 보이는 기자가

"철수하자!"를 외치고 우리는 해산했다.

구제역은 소나 돼지 등의 동물에 잘 걸리는 전염성이 강한 바이러스 병으로 입의 점막이나 발톱 사이의 피부에 물집이 생기면서 체온이 급격하게 상승하고 식욕이 떨어지는 증상을 보인다. 동물에게 심각한 질병인데 사람에게 전염되지는 않는다니 불행 중 다행이다. 구제역은 열에 약해 76도에서 7초 가열하면 사멸된다니 익혀 먹는다면 돼지고기를 꺼릴 이유는 없다.

농촌진흥청 국립축산과학원은 가축 개량과 가축 유전자원 보존을 수행하는 국가기관이다. 이곳에서 보유하고 있는 씨가축으로는 장기이식 환자에게 희망인 국내 최초의 복제용 미니돼지 지노, 혈우병 치료 물질 생산 돼지인 새로미, 우량 한우 종자인 보증 씨수소 등 씨가축이 5천여 마리가 있다.

그런데 국가 중요 씨가축을 연구하고 있는 연구소 반경 3km 이내에서 구제역이 발생할 경우 씨가축을 모두 살처분해야 하는데 이럴 경우 가축 연구에 막대한 피해가 발생한다. 이 가축들은 돈으로 환산할 수 없는 유전자원이다. 그래서 구제역으로부터 씨가축을 지키려는 관계자의 움직임이 분주하다.

방역 약품을 지원하는 행사는 구제역 발생을 막기 위한, 차단 방역을 위한 긴급조치이다. 농촌진흥청은 수원의 축산과학원, 성환의 축산자원개발부, 평창의 한우시험장, 남원의 가축유전자원시험장 등 4개 지역 7개 시군 508농가에 1kg의 구제역 방제약제 2,032포를 긴급지원하고 차단 방역을 당부했다. 구제역으로부터 씨가축을 지키기 위해 우량 종축 한우를 강원도 평창의 한우시험장과 전북 남원의 가축유전자원시험장 2곳으로 분산하는 조치가 이루어졌다.

구제역의 확산 방지를 위해서는 차단 방역이 매우 중요하다. 이는 사람이나 차량들을 통해 확산되기 때문이다. 그래서 축산 농장이나 축산 관련 시설은 방문하지 않는 것이 좋다. 국립축산과학원 전담연구관들도 외부 사람들과의 접촉을 피하고 외부와 차단된 생활을 하고 있다. 축산 농가들도 상의할 일이 있으면 전화나 통신수단을 이용하도록 권하고 있다.

이렇게 주의를 기울였는데도 불구하고 충남 구제역에서 한국 토종 희귀종 '칡소'가 희생되는 안타까운 일이 생기고 말았다. 1996년 충남축산기술연구소는 암·수 칡소 한 쌍을 들여와 연구하고 보급하는 사업을 벌였는데 이번 구제역 발생으로 지금까지 관리해 온 칡소 14마리를 매몰 처분했다.

시인 정지용의 「향수」를 노래로 만들어 이동원과 박인수가 부른 「향수」에 나오는 '얼룩배기 황소'가 칡소이다. 머리와 온몸에 칡덩굴 같은 무늬가 새겨져 있다고 해서 '칡소'라 불린다. 구제역이 정리되면 칡소를 들여와 연구를 재개할 것이라고 한다.

취재한 기사를 하루 이틀 미뤄 두면 낡은 기사가 된다. 집에 오자마자 셀 수도 없이 많이 찍은 사진을 정리해 쓸 사진만 10장 정도 추렸다. 촬영을 진행했던 팀장이 준 '보도자료'를 참고하여 작성한 블로그 기사를 주부블로그기자단 담당자에게 보냈다.

다음 날 농촌진흥청 사이트에 내 글이 기사로 올라갔다. 많은 사람들이 이 글을 읽고 구제역 사태의 심각성을 느껴 차단 방역에 동참

하길 바란다. 일단 전염이 되고 나면 막을 길이 없다. 구제역에도 유비무환이라는 단어가 절실히 필요하다. 구제역 차단 방역! 아무리 강조해도 지나치지 않는다.

그들만의 이야기

가족과의 여름휴가 계획에 무심하던 남편이 친구, 후배 8명과 강원도 평창으로 놀러 가게 됐다며 혼자 몸만 쏙 빠져나가 여름휴가라는 걸 떠났다. 2006년 7월 14일 날짜도 잊히지 않는다. 마음 같아서는 해리포터 영화에서처럼 남편에게 마법을 걸어 천장에 묶어 두고 싶었지만 입만 삐죽일 뿐 고이 보내 주었다.

집에 남은 두 딸과 시들하게 하루를 보내고 또 반나절을 지낸 시각에 전화벨이 울렸다. 올라오는 중이라는 남편의 전화일 거라 생각하고 수화기를 들었다. 역시 남편이었다.

"지금 비가 너무 많이 와서 오늘 못 올라가게 생겼어."

이게 무슨 말인가. 마른하늘에 날벼락이.

"며칠 더 놀다 오겠다는 말이지. 강원도는 1박 2일이 짧으니까."

전화를 끊었다. 우리 집 베란다 된장 항아리 위로 햇볕이 쨍쨍 내리쬔다.

"아빠 더 놀다 오신대."

두 애들이 서운해서 입을 모아 말했다.

"아빠 너무해."

다시 전화벨이 울렸지만 받고 싶지 않았다. 큰애가 뛰어가 전화를 받았다.

"네? 네. TV 켜 보라고요? 네, 알았어요."

TV에선 카키색 우비를 입고 휘청거리는 우산을 힘겹게 받쳐 든 기자가 목청을 높이며 뉴스 속보를 다급하게 전했다.

"강원도 집중 폭우로 14명이 실종, 15일 시간당 80mm의 집중폭우가 내린 가운데 강원 지역에서는 현재까지 14명의 인명 피해가 발생했습니다. 강원도 재난안전대책본부에 따르면……."

남편 일행은 험한 뉴스의 현장에 있었다. 바닷가에서 회 한 상 차려 놓고 세월을 낚고 있을 거란 예상은 빗나갔다. 심한 비바람에 굵은 나무가 맥없이 휘어지고 강물인지 바닷물인지 모를, 화면 가득 어지럽게 출렁이던 붉은 물이 우리 안방까지 넘쳐흐를 것만 같았다.

남편이 다시 전화를 했다.

"집으로 올라오는 길에 계곡 옆 식당에서 식사를 하는데 갑자기 비가 쏟아져 지금 대피 중이야! 119에 전화해 놨는데 아무도 안 오네! 큰일 났다. 차도 짐도 물에 다 떠내려가고, 집은 별일 없지?"

"그럼 어떻게 해? 일행들은? 다시 119에 도움을 요청해야지!"

남편 말에 발을 동동 굴렀다. 다행히 휴대폰은 터지니 뉴스 보면서 속보 있으면 연락해 달란다.

"몸조심 해. 혼자 다니지 말고 일행들이랑 같이 움직이고."

남편은 일행과 함께 집으로 올라오는 길에 친구 놈이 횡계에 닭볶음탕 잘하는 집이 있다고 해서 계곡을 따라 올라갔다. 계곡을 옆에 끼고 닭볶음탕과 마주하고 있자니 별세계가 따로 없었다.

"아, 시원하다. 넌 여길 어떻게 알았냐? 정말 좋은데."

비가 오기 시작했다. 빗발이 점차 굵어지고 계곡물이 불어나는 게 눈에 보였다. 주인아저씨는 여기서 몇 십 년 음식 장사를 했는데 물난리 난 적은 한 번도 없었다며 걱정 붙들어 매고 어서 맛있게 먹으라고 안심시켰다. 마음 놓고 있는데 아저씨의 호언장담도 무색하게 게릴라성 폭우가 쏟아져 순식간에 물난리가 났다. 마당에 펴놓은 평상이 떠내려가는 걸 보니 심상치 않았다. 뜯고 있던 닭다리를 내려놓고 차에 올라 시동을 거는데 벌써 뒷바퀴가 물에 둥둥 뜨는 게 느껴졌다. 차를 버리고 산꼭대기로 대피하기로 했다. 몸이 마음 같지 않았다. 새털처럼 날고 싶었지만 거북이처럼 기고 있었다. 몇 걸음 옮기지도 못하고 나무뿌리에 걸려 넘어지며 긁히고 또 넘어졌다. 이때 뒤에서 후배가 뛰어왔다. 일으켜 세워 줄 줄 알았는데 "형! 무서워!" 외마디를 외치고는 산 위로 줄행랑쳤다. 평소에 정이 많던 후배였는데 본능 앞에 의리는 휴지 조각이었다.

만신창이가 된 8명이 안심이 되는 높은 곳에 모여 앉았다. 하나같이 꼴이 말이 아니었다. 비 그치기를 기다렸다가 차를 찾아 산 아래로 내려갔더니 한 대는 물에 떠내려가다 심하게 부딪혔는지 앞 범퍼가 손을 볼 수도 없게 구겨졌고, 한 대는 토사에 묻혀 석고처럼 굳어 있었다. 차로 이동하지 않고 산 위로 대피한 건 천만다행한 일이다.

폐교를 개조한 집을 발견했다. 주인은 외지에 나가 빈 집이었다.

주인에게 전화로 사태의 심각성을 알리고는 신세를 져도 되겠냐고 했더니 흔쾌히 허락했다. 다음 날 아침, 길이 풀릴 줄 알았는데 도로에 토사가 들어차고 밤새 퍼부어 대는 빗줄기로 영동고속도로는 통제였다.

하루 종일 수해 소식을 전하는 뉴스 특보를 쫓아 채널을 돌려 가며 시청했다. 남편을 위해 할 수 있는 일은 그것뿐이었다. 하늘에 구멍이 난 것일까? 기세 좋게 퍼붓는 빗줄기와 성난 붉은 물결에 멀미가 났다. 사나운 물이 집과 사람을 향해 달려들었다. 산사태가 나고 물에 잠기는 사고 소식이 이어지고 내일이면 평창을 빠져나올 수 있겠지 하던 기대는 좀처럼 이루어지지 않았다. TV 속은 천재지변이라며 강원도 비 피해 소식을 보도하느라 아수라장이었다.

남편 일행이 대피해 있는 곳 옆에 식당이 있어서 끼니는 해결하고 있다는 말에 안심했는데 도로가 유실되고 전기마저 끊기니 돈을 더 얹어 준 대도 밥을 팔지 않는단다.

4일째 되는 월요일 새벽 1시경, 영동고속도로가 뚫릴 거라는 뉴스 특보가 발표돼 바로 남편에게 문자를 보냈다.

'영동고속도로 상하행선 통행 재개, 도로공사에 전화 확인 후 내일 날 밝으면 움직이길.'

전화가 왔다. 길이 다 잘려나가 산을 넘어야 하는데 비가 계속 오고 있어 그치는 거 봐서 움직이겠단다. 일단 횡계로 가서 성남 가는 버스를 타고 평촌으로 오겠다고.

월요일 저녁, 기다리던 남편이 무사히 집으로 돌아왔다. 금요일에 나가 토요일에 오겠다던 사람이 강원도 평창에서 물과의 사투 끝에 나흘 만에 돌아온 것이다. 큰 우산을 지팡이처럼 세워 들고 한 손에 검정 비닐봉지를 들고는 추레한 모습으로 미안하다는 말을 앞세우며 들어섰다.

며칠 동안 깎지 못한 수염이 산적처럼 입 주위를 까맣게 덮고 비에 흠뻑 젖어 달라붙은 머리카락 끝에 빗방울이 매달렸다. 젖은 티셔츠에 반바지 차림, 종아리는 긁히고 상처 난 정강이는 피와 진물이 엉겨 있었다. 신고 나간 구두는 어디에 잃어버렸는지 구두 대신 발에 꿰찬 낯선 샌들, 가족을 떼어 놓고 혼자 놀러 가더니 쌤통이라고 놀릴 수도 없는 상황에 그저 살아 돌아온 것으로 감사했다.

검정 비닐봉지에는 흙에 범벅이 된 바지와 강원도 면사무소에서 받은 구호품이 들어 있었다. 더 묻지 않아도 될 3박 4일간, 물에 푹 젖은 마음고생이 비닐봉지 안에 고스란히 담겨 있었다.

남자들에게는 군대 이야기처럼 끝없이 이어질 이야기가 없다고 하던데 지천명의 나이에 군대 이야기보다 더 끝없이 이어질 목숨 건 그들만의 이야기가 생겼다. 앞으로 8명의 남자들이 나흘간의 이야기를 안주 삼아 얼마나 많은 날들을 술로 지새울지 더럭 겁이 난다.

추억 속의 대부도

지난날을 추억한다는 것은 나이를 먹었다는 뜻이다. 그 옛날 일들이 빠르게 스쳐 지나간다. 타임머신은 나를 추억 속의 대부도로 데려다 준다.

초등학교 6학년 여름방학이었다. 아버지는 나와 여동생에게 쌍둥이처럼 똑같은 원피스와 샌들을 사 신기고 대부도에 사는 고모할머니 댁에 다녀오자고 했다. 태어나 처음 가 보는 시골 여행이 설레었지만 인천 연안부두에서 배를 타고 가야 한다는 말에 겁이 났다.

처음 타 보는 배에서 내려다본 바다는 깊이를 알 수 없어 무척 무서웠다. 출렁이는 너울이 배멀미를 부추겨 먹은 점심을 바다에 모두 쏟아 놓았다. 아버지한테 아직 대부도는 멀었느냐고 묻고 또 묻고서야 멀리 섬이 점처럼 보이기 시작했다.

잠시 후, 배는 부두에 닿았고 배 안의 사람들을 섬에 내려놓았다.

흰 페인트로 목적지를 적은 경운기가 공항 앞에 손님을 기다리는 택시들처럼 줄지어 서 있었다. 우리는 고모할머니네 동네인 '남1리'라고 적힌 경운기에 올라탔다. 고르지 못한 흙길을 달리다 보니 경운기는 무척 덜컹거렸다. 어른들은 엉덩이에 멍이 들 것 같다며 인상을 찌푸렸지만 우리는 놀이기구를 탄 것 같아 재미있어 자꾸 웃음이 나왔다.

마당에 들어서니 고모할머니와 고모할아버지가 환한 웃음으로 반기며 엉덩이를 두드려 주셨다. 고모할머니는 딸 여덟에 끝으로 아들을 두셨는데 위의 딸 셋은 출가하고 나머지 5명의 딸과 초등학교 2학년 아들, 이렇게 여덟 식구가 대부도에서 살았다. 짚으로 엮은 초가지붕과 마당에 깔아 놓은 너른 멍석, 깊은 우물, 벽엔 망태기가 걸려 있었고 마당을 빙 둘러 핀 이름 모를 꽃들이 예뻤다.

이른 아침, 마당에서 들리는 고모할아버지의 싸리비질 소리에 잠이 깨면 대부도에서의 하루가 시작된다. 식구가 많아 우물가와 뒤꼍으로 나뉘어 아침 세수를 하고 멍석 위에 손님이 올 때나 펼 것 같은 큰 상을 펴고 식구가 많아 두 차례로 나뉘어 아침밥을 먹었다.

나이가 4살이나 적음에도 촌수가 나보다 높아 '아저씨' 라고 부르는 꼬마 아저씨는 깊은 주발에 담은 고봉밥을 다 비우고 한 그릇을 더 먹었다. 할머니 집 반찬엔 고기는 없었지만 늙은 오이를 고추장에 무친 노각무침이 맛있어 밥 한 그릇을 뚝딱 비웠다.

하루는 밥상에 노각무침이 없는 것을 보고 밥을 안 먹겠다고 했다. 할머니는 이번만 그냥 먹으라고 달래셨는데 나는 기어이 고집을 부렸다. 제일 큰 아줌마가 부엌에 들어가 재빨리 노각무침을 해 내왔다. 그제야 숟가락을 들고 밥을 먹었다. 철이 없었다. 지금도 노각무침을 좋아해 자주 상에 올리는데 노각무침만 보면 대부도에서 놀던 날이 떠올라 기분이 좋아진다.

고모할아버지는 일찍 염전으로 나가고 나와 내 동생, 9살 아저씨, 11살 아줌마 그리고 이웃에 사는 아저씨 친구인 민성이와 중학교 1학년 민수 오빠, 이렇게 6명이 쇼핑백을 들고 산에 산딸기를 따러 갔다. 길을 따라 걸으면 풀숲에서 인기척에 놀란 개구리가 튀어나오고 풀무치, 방아깨비, 메뚜기가 후다닥 날개를 펴고 달아난다.

나보다 어린 11살 아줌마는 앞서 걷다가 아는 집 무밭이라며 무를 쑥 뽑아 이로 흙 묻은 껍질을 퉤퉤 뱉어 가며 벗겨 내고 한 입 베어 맛있게 먹는다. 맛있다며 내게 내민 무를 베어 물었는데 맹탕이었다. 또 걷다가 풀잎을 뽑아 풀피리를 불어 주었다. 풀잎으로 연주를 하다니 모든 것이 신기하고 재미있다. 가는 길에 개울을 만났다. 아저씨는 납작한 자갈로 물수제비를 뜨고 우리에게 물을 끼얹으며 물장난을 쳤다. 우리도 아저씨를 따라 옷이 다 젖도록 물장난을 치며 깔깔 웃었다. 한참을 걸어 산에 오르니 민수 오빠는 뱀이 나올지도 모른다며 겁을 주었다. 민수 오빠는 핫도그를 닮은 부들을 꺾어 손에 쥐어 주고 산딸기도 따서 쇼핑백에 모아 주었다. 따는 대로 먹기에는 너무 아까워 얼굴이 벌겋게 익도록 모으기만 했다. 쨍쨍하던 해가 지려고 할 때 산에서 내려왔다.

고모할머니는 우리를 보더니 더위 먹으면 어쩌려고 날이 더운데 그리 돌아다니느냐며 야단하셨다. 쇼핑백을 열어 보더니 더위에 다 녹아 뭉그러져 먹을 수도 없게 됐다고 혀를 차셨다. 아끼느라 손도 안 됐는데 모두 사라져 산에서 보낸 하루가 허사가 됐다.

일찍 저녁을 먹고 남1리에 한 대밖에 없다는 이장님 댁에 TV를 보러 갔다. 이장님 집 마당에는 구두, 운동화, 흰 고무신, 검정고무신 등 동네의 신발이란 신발은 다 모인 것 같았다. 시트콤의 대가인 배우 오지명이 주인공으로 나오는 사극「옥피리」를 보고 왔다.

집에 와서 대문 밖에 펴 놓은 평상에 하늘을 마주하고 누웠다. 하늘에는 별들이 빼곡히 박혀 반짝반짝 빛을 냈다. 아줌마는 우리 옆에 앉아 하모니카를 불었다.

'동구 밖 과수원길 아카시아 꽃이 활짝 폈네.'

아줌마는 제목만 대면 모두 하모니카로 불어 주었다. 못 부르는 곡이 없었다. 고모할머니는 모기에 물리지 말라고 "이놈의 모기! 이놈의 모기!" 손사래를 쳐가며 소나무 잔가지를 끌어다 모깃불을 놓아 주셨다.

이튿날, 바닷물이 나갈 때를 맞춰 플라스틱 양동이를 들고 조개 잡으러 바다로 나갔다. 바닷물은 사라지고 개펄만이 넓게 펼쳐졌다. 개펄을 맨발로 걷는데 엄지와 검지 발가락 사이로 뽕뽕 소리를 내며 개흙이 삐죽이 올라왔다 허물어졌다. 우리는 발가락 틈새로 올라오는 개흙을 보고 깔깔댔다.

아줌마는 개펄 흙 구멍에서 물방울이 올라오면 그곳을 파서 조개를 잡으라고 일러 줬다. 그곳에는 영락없이 조개가 숨어 있었다. 신기했다. 조그만 게들이 여기저기 개펄 위를 분주히 돌아다니다 우리가 다가가면 쏜살같이 구멍으로 숨어 버렸다. 낙지도 줍고 대합도 줍고 큰 수확을 한 우리는 개흙이 잔뜩 묻은 얼굴을 마주 보며 마구 웃었다.

민성이는 옆 동네 아저씨가 물이 들어오는 것도 모르고 조개를 캐다 잠이 들었는데 꿈에 용왕님도 아닌 산신령이 나타나 얼른 일어나라고 야단을 해서 잠에서 깨 겨우 살아 돌아왔다는 얘기와 뒷마을 아주머니가 조개 줍느라 바닷물 들어오는 것도 모르고 바다에서 빠져나오지 못했다는 무서운 이야기를 들려줬다. 바닷물은 소리 없이 빠른 속도로 밀려들어오니 서둘러 나가야 한다는 말에 금방이라도 바닷물이 뒷덜미를 잡을 거 같아 잰걸음으로 미끄러져 넘어지며 개펄에서 도망쳐 나왔다. 오는 길에 고모할아버지 염전에 들렀다. 고모할아버지는 밟고 또 밟아도 그 자리인 수차 위에 올라서서 계속 바닷물을 끌어올리셨다.

집에 돌아오니 고모할머니는 옥수수를 한 바구니 삶아 놓고 우리를 기다리셨다. 우리가 잡아 온 제법 많은 동죽을 대문 밖의 허드레 솥에 삶아 주셨다. 모래가 지근지근 씹히기도 했지만 우리가 잡은 조개여서 맛이 좋았다.

다음 날은 과수원 하는 동네 아저씨 집에서 일손을 돕기로 했다. 사과나무에서 떨어진 사과를 양동이에 주워 담는 일을 했다. 나무에 매달린 사과가 탐이 나 몰래 따서 한 입 베어 무는데 아줌마가 나를 쳐다봤다. 갑자기 사래가 들려 캑캑거렸다. 사래가 멈추지 않아 눈물이 쏙 빠지도록 혼이 났다.

시간 가는 줄 모르고 놀다 보니 어느새 일주일이 훌쩍 지나가고 집으로 돌아갈 시간이 되었다. 고모할머니, 고모할아버지께 인사를 드리고 아줌마, 아저씨한테 겨울방학 때 우리 집에 놀러 오라고 인사한 뒤 집을 나섰다.

민성이와 민수 오빠는 우리가 간다고 하니 서운했는지 부두까지 따라와 배웅을 했다. 경운기를 타고 부두로 가는데 들풀, 산, 바다를 그냥 두고 가는 것이 아까워 눈물이 그렁그렁 고였다. 하나라도 더 눈에 담아야 하는데 눈물 때문에 앞이 자꾸 흐려졌다.

추억에도 서열이 있을까 많은 추억 속의 대부도는 가장 아끼는 그리움이다. 생각날 때마다 한 번씩 들여다보는 보석 같은 추억이다.

동주염전을 찾아서

　지루했던 동남아 같은 날씨가 물러가고 쾌청한 가을바람이 부는 날, 남편과 대부도 동주염전을 찾았다. 연안부두에서 배를 타고 들어갔던 대부도를 39년 만인 지천명의 나이에 시화방조제 위로 승용차를 타고 갔다. 열어 놓은 창문으로 비릿한 바닷바람이 달려든다. 둘, 넷, 여섯, 여덟, 8개의 자전거 바퀴가 동그라미를 그리며 시화방조제 자전거 길을 달린다. 선착장에서 바다낚시를 위해 배에 오르는 강태공들 모습도 보인다. 바다처럼 파란 하늘을 연 3마리가 휘젓고 다닌다. 대부도 바닷길 마라톤 대회에 참가한 선수들이 꼬리를 물고 바닷길을 달려간다.

　지금은 뭍으로 나와 사시지만 고모할머니께서 대부도에 사셨다. 초등학교 6학년 여름방학 때 아버지와 고모할머니 댁에 놀러갔다가 염전에서 수차를 발로 밟아 바닷물을 옮기시던 고모할아버지를 뵌

적이 있는데 그때 본 염전이 꽤 인상적이었다. 산에서 산딸기도 따고 할머니가 쪄 준 옥수수도 먹고 개펄에서 낙지와 조개를 주우며 꿈같이 보낸, 내 평생 시골 추억의 전부인 대부도에서의 일주일은 보석같이 귀한 날들이었다. 지금은 없어진 대부도 남1리 염전의 기억과 대부도에서의 추억이 동주염전 '소금꽃교실' 을 찾게 했다.

경기도 안산시 단원구 대부동동에 위치한 동주염전은 일제강점기부터 생산을 시작해 지금은 백씨 가문이 정통 천일염의 명맥을 잇고 있다. 1953년부터 동주염전이라는 이름으로 대부도의 38만 평 염전에서 자연을 벗 삼아 소금을 채취하고 있다. 생산이 활발했을 당시에는 8개의 작업반을 운영할 정도로 호황을 누렸으나 1997년 소금 수입자유화로 40여 개에 달하던 대부도의 많은 염전이 문을 닫게 되는 역사적 배경을 갖고 있다.

국내의 다른 염전들은 주로 천일염을 장판에서 생산하는 반면 동주염전은 옹기 타일을 깐 개펄에서 친환경적으로 생산하고 있어 소금 맛이 부드럽고 담백하다. 옹기 타일 틈 사이로 개펄과 해수가 만나 다양한 유기물질이 소금에 스며들어 건강에 좋고 맛이 있는 소금을 탄생시키는데 예로부터 그 품질이 인정되어 과거 청와대에 납품하기도 했단다.

비가 오면 소금 생산이 이루어지지 않기 때문에 '소금꽃교실' 의 체험 학습을 진행할 수 없다는데 다행히 날씨가 맑아 젊은 부부들이 아이들 손을 잡고 많이 모였다. 동주염전은 염전이 밀집된 전남 신안 염전보다 수도권에서 가까운 지리적 위치와 옹기판염이라는 전통 염전방식을 고수하고 있어 호평을 받고 있다. 지금까지 오래도록 소금을 먹고 살아왔지만, 소금 수업은 처음 들어 보는데 설명을 들을수록 천일염이 바다의 보물이라는 생각에 고개가 끄덕여진다.

염전 체험 전에 '색소금기둥' 만들기를 했다. 알록달록 각각의 색을 입힌 천일염을 시험관처럼 한쪽이 막힌 긴 투명 플라스틱 관에 색깔별로 담았다. 얼떨결에 동행한 남편이 꼬마들 틈에서 색소금기둥을 만드는 모습에 자꾸 웃음이 나왔다.

예부터 나쁜 것을 쫓을 때 소금을 뿌리는 풍습이 있다. 초상집에 다녀온 가족을 집에 들이기 전에 소금을 뿌리고, 이불에 오줌을 싸고 소금 얻으러 온 아이에게 소금을 뿌린다. 이는 나쁜 기운을 물러가게 하고 좋은 기운을 받아 건강해지라는 뜻이다. 색소금기둥을 만들어 집에 두면 좋은 기운을 받는다고 해서 장식으로도 좋을 것 같아 남편과 정성들여 색소금기둥을 만들었다.

색소금기둥을 만들고 염전으로 이동했다. 맨발로 염전에 들어가 하얗게 핀 소금꽃을 지그시 밟아 보았다. 소금밭을 걸어 볼 기회가 생기다니, 정육면체 천일염이 발바닥을 간질이는 촉감이 새롭다. 소금이 어떻게 만들어지는지 설명을 듣고 염전을 이리저리 오가며 대파를 밀고 다니는 아이들과 소금을 한곳에 모았다.

천일염은 어떻게 만들어질까? 햇빛, 바닷물, 갯벌, 염전이 있어야만 천일염이 만들어진다. 소금을 만들기 위해 수문을 열어 저수지에 바닷물을 들였다가 염전 증발지에서 약 15일 동안 햇빛과 바람으로 수분을 증발시켜 바닷물을 더 짜게 만든다. 바닷물은 증발 과정을 통해 염도를 높이고 개펄로부터 풍부한 미네랄을 흡수하게 된다. 비 오는 날에는 증발지에서 농축된 소금물의 염도가 떨어지는 걸 막기 위해 짠 소금물을 '해주'라는 보관 창고에 옮겼다가 볕이 좋은 날에 결정지로 옮겨 소금을 만든다.

증발지를 거쳐 농축된 소금물은 옹기 판으로 된 결정지에서 자연의 바람과 햇빛의 힘으로 소금꽃을 피운다. 결정지는 소금을 만드는 마지막 과정에 배치된 곳이다. 소금이 만들어지면 대파를 이용해 한 군데로 모은 후 소금창고로 옮겨 보관한다. 창고에서 숙성 과정을 거쳐 간수가 빠지면 쓴맛이 적은 맛있는 소금이 된다. 소금은 오래될수록 맛이 좋아지고 귀한 소금이 된다.

4월에서 10월초까지만 소금을 만드는데 날씨에 따라 다르지만 20일 정도면 소금이 만들어진다. 소금 채취는 날씨에 민감해 안개가 끼거나 습도가 높으면 소금이 만들어졌다가도 없어진다니 신기하다. 예전에는 수차를 발로 밟아 바닷물을 댔는데 지금은 전기 모터로 끌어들여 편리해졌다.

결정지 바닥은 세 종류가 있다. 염전용 검은 장판을 까는 방법, 타일이나 옹기 파편을 촘촘히 깔아 마무리하는 방법, 개펄에 황토층을 더해 다져 만든 방법이 있다. 장판염은 개펄 바닥에 고무장판을 깔아 생산이 쉽고 생산량이 많은 게 장점이다. 옹기 타일로 된 옹기판염은 열전도율이 높아 생산량이 많다. 옹기판염은 장판염에 비해 소금이 거뭇하다. 토판염은 장판염이나 옹기판염에 비해 장점이 많으나 생산량이 적고 자주 황토를 롤러로 다져 줘야 하기 때문에 노동

력이 2배 이상 든다. 토판염 염전은 현재 거의 다 사라졌다.

우리가 섭취하는 소금은 바닷물을 햇빛으로 증발시켜 얻은 천일염과 천일염을 물에 풀어 잡물을 거르고 고아 깨끗하게 만든 꽃소금이라고 하는 재제염, 그리고 이온교환수지라는 특별 장치를 이용해 바닷물에서 염화나트륨만 뽑아낸 정제염 등이 있다. 재제염과 정제염은 미네랄이 없는 소금이다. 천일염은 80% 내외의 염화나트륨과 20%의 천연 미네랄로 되어 있는데 칼슘, 마그네슘, 아연, 칼륨 같은 무기질이 풍부한 천일염이 가장 좋은 소금이다. 그런 면에서 우리나라의 천일염은 염도가 낮고 미네랄이 풍부한 세계 최고의 소금이란다.

천일염이 어떻게 만들어지는지 체험학습을 통해 알게 됐다. 엄마 아빠들이 아이들에게 체험의 기회를 주려고 참여했는데, 어른들이 더 많은 것을 얻게 된 시간이었다.

방죽에 서서 염전을 바라보니 불현듯 '소금 같은 사람이 되라.' 는 말이 떠오른다. 그 '소금' 은 '천일염' 을 두고 한 말일 거라고 혼잣말을 하며 웃는다. 꼬마들과 같이 대파질을 하면서 자연의 도움을 받아 염부들의 땀과 정성으로 만든 천일염의 소중함을 배우고 간다. 더불어 개펄의 소중함까지.

돌아오는 길, 대부도 특산물인 달콤한 포도 한 상자와 짭짤한 천일염을 사서 차에 싣고 대부도를 나왔다. 대부도에서 보낸 시간은 달콤, 짭짤했다.

제부도 여행

여행은 짐을 꾸리면서부터 여행이다.

'시간을 저장할 수 있는 카메라를 제일 먼저 챙기고, 제부도 이야기를 담아 올 수첩도 필요하지. 바비큐 파티를 하려면 돼지고기도 좀 사고, 여기에 맥주 한 캔 정도는 애교스럽게. 운동화는 기본이고. 참 운전면허증도……'

갑작스럽게 잡은 여행이어서 괜히 마음이 분주하다. 남편이 주말에 친구들과 충청도로 1박 2일 여행을 간다기에 우리 모녀도 남편이 집을 비우는 시간에 맞춰 1박 2일 여행 계획을 짰다. 딸에게 말했다.

"겨울바다 보러 가자. 부산이 좋겠어. KTX 타고." 남편은 너무 멀리 가는 거 같다고 말한다. "그럼, 제부도는 어때? 멀지 않으면서 바다도 있고." 내 말에 "좋아. 좋아." 딸이 웃으며 대답했다.

우리나라엔 바닷길이 열리는 곳이 5군데 있다. 충남 보령군 웅천면 관당리 무창포 해수욕장 앞바다, 전남 진도군 고군면 회동리 앞바다, 전남 여천군 화정면 사도, 전북 부안군 변산면 운산리 하도, 그리고 경기도 화성시 서신면 송교리와 제부도 사이에 열리는 2.3km 물길이다.

제부도 들어가는 길은 하루에 2번 썰물 때면 어김없이 바닷길이 열려 밀물로 다시 덮일 때까지 6시간 동안 모세의 기적을 볼 수 있다. 제부도로 목적지를 정하고 물때를 알아봤다. 평소에는 하루 두 차례 바닷길이 열린다는데 우리가 나선 날부터는 오륙일 정도 바닷길이 열린단다. 일기예보를 보니 눈도 오지 않는다니 차를 가지고 가도 되겠다. 펜션을 예약하고 소풍 가는 날 기다리는 아이처럼 여행 떠나는 날을 기다렸다.

남편은 남편의 여행지로, 우리 모녀는 제부도를 향해 출발했다. 딸이 운전대를 잡았다. 1박 2일 동안 서비스를 제대로 할 모양이다. 벌써부터 기분이 좋아진다. 1시간 남짓 달려 오전 11시경 제부도에 도착했다. "와, 바다다!" 오전 10시 15분에 바닷길이 열린다고 하더니 신기하게도 제부도로 연결된 길만 바닷길이 열리고 사방은 아직도 바닷물이 넘실댄다.

제부도는 바닷길이 열리는 모세의 기적으로 유명해진 섬이다. 제부도 남서쪽에 우뚝 선 바위가 있는데 매들의 보금자리인 매 둥지가 많았다고 해서 '매바위'라 불린다. 바다와 산 사이에 다리를 놓아 만든 산책로가 있고 개펄에는 바지락, 게, 낙지 등 바다 생물들이 살고 있어 개펄 체험을 할 수 있다. 제부도 선창은 낚시를 좋아하는 강태공들이 모여 드는 곳이다.

펜션에 짐을 풀고 바닷가로 나갔다. 한동안 날을 세우던 겨울 날씨가 한결 보드라워졌다. 아이는 모래사장에 낙서를 하고 나는 조개껍질을 주웠다. 제부도 백사장을 걷고 있자니 순간적으로 공간 이동을 한 것 같아 신기하다. 밥하고 빨래하는 일상에서 잠시 비켜선 것뿐인데 뭔가 홀가분한 기분이다.

제주도 가족여행 갔을 때 공중부양 사진을 찍겠다고 하다 잊고 와 아쉬웠는데 제부도에서 그 소원풀이를 하기로 했다. 모래사장에서 허공에 떠 있는 순간을 사진기에 담느라 머리가 하늘까지 닿게 펄쩍펄쩍 뛰었다. 뛰는 모습이 하도 우스꽝스러워 웃음도 나고 눈물도 났다. 남는 것은 사진뿐이라며 열심히 셔터를 눌렀다. 딸과 손잡고 산책로를 걸으니 친구 같아 마냥 좋다. 말없이 미소 짓고 바다를 바라보다 한바탕 웃기도 한다. 오후가 되니 바닷물이 많이 빠져 개펄이 넓게 드러났다.

펄쩍펄쩍 너무 뛴 탓인지 아침을 굶고 나선 길이어서인지 시장기가 돈다. 허영만의 만화, '식객' 경기도 편을 보면 경기도에서 꼭 맛봐야 할 음식 중 하나로 바지락칼국수를 꼽았다. 만화로 먹음직스럽게 그린 바지락칼국수 옆에 화성의 제부도 바지락칼국수가 단연 으뜸이라는 글이 적혀 있다. 제부도 부근에는 명성에 걸맞게 바지락칼국수집이 즐비하다. 제부도에 왔으니 섭섭하지 않게 칼국수 맛을 봐야 한다. 말 그대로 국물이 시원하고 면발이 쫄깃하다. 칼국수 한 그릇 먹고 나니 몸이 따뜻해지고 콧잔등에 땀이 맺힌다. 역시 말 그대로 바지락칼국수는 제부도가 단연 으뜸이다.

근처에 전곡항이 있다고 해서 구경 가기로 했다. 작년에 경기국제

보트쇼와 전곡항 요트 대회가 열린다는 소식을 들었는데 가 보지 못했다. 제부도를 빠져나와 전곡항에 도착하니 셀 수도 없는 요트들이 부두에 정박해 있다. 겨울은 배들의 휴식기라 요트 체험을 할 수 없지만 정박해 있는 멋스러운 요트를 보는 것만으로도 감동이다.

가장 근사한 요트 하나 골라 타고 딸과 항해하는 그림을 그려 본다. 때맞춰 요트 위로 하얀 갈매기가 날아간다. 상상만으로도 멋지다. 그새 날이 어두워지려 한다. 여행지에서의 하루는 참 짧다. 열린 바닷길을 따라 다시 제부도로 들어갔다. 먼 바다 위로 붉게 물든 해가 눈부시다. 제부도의 일몰이 무척 아름답다.

펜션 주인아주머니가 비닐하우스 안에 있는 바비큐 통에 불을 피워 주셨다. 집에서 준비해 간 돼지고기와 오리고기를 굽고 된장찌개도 끓였다. 딸이 손수 고기를 굽고 쌈을 싸서 입에 넣어 주니 살갑게 느껴진다.

늘 여행을 꿈꾸지만 번번이 망설이게 된다. 한 발 내딛는데 생각이 너무 많아서다. 먼 곳으로 가야만 여행인 것 같아 먼 곳만을 찾았는데 가까운 곳에도 가 볼 만한 곳이 참 많다.

오늘 밤은 딸과 한 침대에서 잠을 잔다. 유치원에 들어가기 전이었나? 아이를 품고 잤던 기억이 가물가물하다. 초등학교 졸업할 때까지는 더디 자라는 것 같더니 눈 깜짝할 새에 성인이 되어 이제 아이가 나를 품는다. 내가 아이들을 성인으로 키우는 동안 아이들이 나를 어른으로 만들어 주었다. 아이들이 태어나 엄마가 되고, 학교에 들어가면서 학부모가 되었다. 얼마 전에 큰아이가 결혼해 이제 나는 장모다. 아이들이 자라면서 나도 자꾸자꾸 어른이 되어 간다. 아이들도 어른이 되고 나도 어른이고 그래서 우리는 이제 친구다.

운전석에 앉아 엄마를 제부도로 집으로 데리고 다니는 딸을 보니 대견하고 든든하다. 친구 같은 딸이 참 좋다.

한드미마을

삐죽삐죽 나뭇가지에서 어린잎이 올라오고 개나리, 진달래가 화사한 봄이 왔다. 맑은 공기 쫓아 산으로 들로 콧바람 쏘이러 가고 싶었다. 때맞춰 산촌마을 체험단 행사에 참여할 수 있는 기회가 생겼다. 친구와 시외버스를 타고 집결 지역인 충북 제천역에 내려 그곳에 모인 사람들과 충북 단양으로 향하는 한드미 마을 체험단 버스로 갈아탔다. 창밖으로 나무와 꽃들이 어울린 풍경을 감상하는 새에 버스는 20명 정도의 산촌 마을 체험단을 한드미 마을 앞에 내려놓았다. 마을 이장님과 스물여덟 그루의 아름드리 느티나무가 우리를 반갑게 맞아 주었다.

소백산 자락에 위치한 이 마을은 40여 가구에 80여 명의 주민들이 옹기종기 모여 사는 산골 마을이다. 소백산에서 불어오는 시원한 바람이 있고, 1급수에서만 산다는 산천어가 노는 개울이 있고, 하늘에 쏟아질 듯한 별이 있는 곳이다. 젊은이보다 어르신이 많이 사는데 푸근한 인심이 좋고 정이 깊은 분들이다. 쌀보다는 콩, 찰옥수수, 기장, 팥, 율무 등의 잡곡을 주로 재배한다.

마을 구경도 식후경이라며 이장님은 우리를 마을회관으로 안내했다. 마을회관에는 동네 할머니들이 직접 재배한 농산물로 잡곡밥에 시래기 된장국, 호박나물, 미나리무침, 가지튀김, 배추김치, 오이무침, 무생채, 두부조림, 꽈리고추찜, 감자조림, 콩나물무침 등 10가지가 넘는 반찬으로 맛있는 뷔페식을 차려 주셨다.

식사를 마치고 잡곡을 이용한 액자를 만들었다. 격자형 나무틀에 산촌 마을에서 거둬들인 푸른콩, 검정콩, 메주콩, 팥, 옥수수, 강낭콩, 메밀, 율무 등 8가지 잡곡으로 색을 배열해 보기 좋게 담았다. 모두 어릴 적 공작 시간으로 돌아간 듯 진지하다. 잡곡으로 만든 액자가 생각 이상으로 꽤 근사하다.

이장님의 안내로 마을 구경을 했다. 쌀 20kg을 한번에 밥을 지을 수 있다는 커다란 무쇠 가마솥, 달구지, 물레방아 등을 돌아보며 시골길을 걷자니 마음이 넉넉하고 푸근해진다. 정감 있는 경치를 자랑하는 돌담길은 옛 모습 그대로 잘 보존되어 있고, 돌담에 낀 이끼와 돌담에 늘어진 호박 덩굴이 멋스럽다. 맑은 물이 흐르는 빨래터는 동네 아낙들이 빨래하며 수다를 떠는 곳으로 동네의 크고 작은 소식을 전해 듣는다.

프로그램 중에 가장 궁금했던 삼굿구이 하는 곳으로 자리를 옮겼다. 삼굿구이는 굿을 하는 것일까? 구이를 하는 것일까?

삼굿구이는 예로부터 전해 내려오는 전통적인 마(삼베)를 삶는 방식이다. 옛날에는 큰 솥이 없었기 때문에 긴 마를 한꺼번에 삶을 수가 없었다. 그래서 서로 연결된 2개의 커다란 구덩이를 파고 한쪽에는 마를 넣은 채 흙을 덮고, 다른 한쪽에는 불을 지핀 뒤 그 위에 여러 개의 돌덩이를 올렸다. 그 위에 지푸라기를 덮고 그 위에 흙을 덮었다. 불씨 있는 쪽의 구덩이 위에 구멍을 내고 물을 부으면 화산이 폭발하는 것처럼 하얀 수증기가 기운차게 뿜어져 나온다. 이때 솟구치는 뜨거운 수증기가 새지 못하게 삽으로 흙을 퍼 구멍을 재빠르게 덮어야 한다. 이렇게 덮어 줘야 마를 묻은 옆 구덩이로 뜨거운 열기가 옮겨져 마가 삶아진다. 이 과정을 여러 차례 반복하면 열기가 옆의 구덩이로 전해져 잘 삶아진 마를 얻을 수 있다고 하는데, 우리는 전통적으로 삶아 내던 방법을 응용해 마 대신에 고구마와 계란을 묻고 삼굿구이를 했다. 뿜어져 나오는 뜨거운 열기와 튀어 오르는 흙 파편이 무서웠지만, 열이 달아날까 봐 한마음으로 흙을 덮느라 정신이 없었다.

삼굿구이의 어원이 다양하지만, 한드미마을에서는 마를 삶을 때 동네 모든 주민들이 동원되었기 때문에 '마치 동네 굿판을 벌이는 광경과 같다.' 하여 '삼굿구이' 라는 이름으로 부르게 되었다고 한다.

고구마와 계란이 익을 동안 한드미 동굴을 돌아보기로 했다. 마을 중심으로 흐르는 맑은 계곡 위로 놓인 나무다리를 건너 산 쪽으로 올라갔더니, 천연의 신비를 간직한 석회암 동굴이 나왔다. 동굴은 고생대 초기에 만들어진 석회암 동굴로 경북 풍기까지 뚫려 있어 양쪽 주민들이 장터를 오고 갔다는 말이 전설처럼 전해 내려온다. 이 동굴은 영화 '빨치산' 과 다큐멘터리 '황금박쥐를 찾아서' 를 촬영한 곳이다.

동굴 구경을 하고 내려와 삼굿구이 한 고구마와 달걀을 꺼냈다. 노랗게 속살을 드러낸 고구마와 잘 익은 달걀 맛을 보았다. 인상적인 삼굿구이는 사람들의 마음을 하나로 모아 주고 웃음도 주었다.

지금까지 시골 생활 한번 못해 본 내게 한드미 마을의 산촌 체험은 감동이다. 노랗게 익어 가는 호박, 너른 콩밭, 갑자기 풀숲에서 튀어나와 놀라게 하는 청개구리, 그리고 빼놓을 수 없는 이장님의 재미있고 구수한 설명까지 무엇 하나 놓치고 싶지 않아 귀를 쫑긋 세우고 다녔다.

산촌 체험은 몸과 마음을 정화하고 재충전할 수 있는 힘이 되었다. 시멘트처럼 차가운 도시 생활에서 벗어나 잠깐이지만, 맑은 물을 마시고 시원한 바람 맞으며 지낸 건강한 하루였다. 청정한 농산물을 고집하고 자연친화적 삶을 실천하며 살아가는 마음 따뜻한 마을 사람들, 삼굿구이와 개울물이 그리워지면 다시 찾고 싶은 곳이다.

모란시장

'오일장'은 볼거리가 많을 거라는 기대가 있는 곳이다. 특별히 오일장이 아니더라도 시장은 언제나 기분 좋아지는 곳이다. 모란시장에 꼭 한번 가 볼 생각이었는데 마침 모임에서 만난 친구들도 같은 생각이어서 함께 동행했다.

분당선 지하철을 타고 가다가 모란역에서 내리는 순간 어디서 모여들었는지 사람들이 지상으로 올라가는 계단을 빈틈없이 꽉 메우고 있다. 우리도 인파에 밀려 흘러가는 대로 몸을 맡겼다. 길을 메운 사람들을 보니 장날이 맞긴 맞나 보다. 무턱대고 나선 길이라 허탕치면 어쩌나 걱정했는데 '가는 날이 장날'이었다. 하늘은 구름 한 점 없이 맑다. 시장 구경하기 좋은 날씨다.

모란시장은 경기도 성남시 중원구 성남동 대원천 하류에 있는 길이 350여m, 폭 30m, 면적은 약 3,300여 평 규모의 복개지 위에서 매

4일과 9일에 개설되고 있는 오일장이다. 모란 장터는 장이 열리는 날을 제외하고는 공영주차장으로 활용되고 있다. 모란장은 규모도 꽤 크고 무엇보다 도심에서 열리는 오일장이라는 것이 특별해 보였다.

중절모를 쓴 멋쟁이 할아버지가 작은 상자에 담긴 애완용 강아지를 팔고 계신다. 무지 귀엽다. 귀여운 강아지를 보려고 사람들이 발길을 멈춘다. 옥수수가 담긴 찜통에서 김이 하얗게 오르고, 아주머니는 연신 반죽을 손에 펼쳐 흑설탕 소를 넣어 가며 호떡을 굽고 있다. '얼씨구씨구 들어간다. 절씨구씨구 들어간다.' 각설이 타령에 흥이 난 엿장수 아저씨는 시장의 감초다.

쌀, 보리, 콩류의 잡곡부터 당귀, 인삼 같은 약재도 있고 이름 모를 산나물 종류도 무척 많다. 징그러운 굼벵이, 지네도 있다. 잉어, 붕어, 자라와 바다 생선은 물론 민물 활어를 파는 상인도 있다. 꽃과 나무 등 묘목도 있고 채소, 과일이 풍성하며 고추와 마늘 도매 거래도 이루어진다. 뻥튀기 기계에서 뿜어져 나온 하얀 연기가 눈앞을 가리고 튀밥이 마술처럼 망태기에 하나 가득하다. 나름대로 멋을 낸 대바구니와 농기구들, 절구통, 맷돌, 가마솥도 볼 수 있고 없는 것이 없는 곳이다.

점심때가 되었다. 배고픈 사람을 불러 모으는 국밥집이 줄지어 있는 곳으로 갔다. 장에 와서 장터 음식을 맛보는 것도 괜찮다. 순대국, 선지국, 호박죽, 팥죽, 우묵, 콩국수, 칼국수 등을 둘러보다가 친구들과 즉석 칼국수와 팥죽을 시켰다. 친구는 팥죽을 몇 숟가락 뜨더니 수저를 놓았다. 우리도 덩달아 수저를 놓고 일어났다. 음식이 맛있어 보였는데 식욕이 당기지 않는다. 자꾸 속이 울렁거린다. 그렇게 가 보고 싶던 모란시장이었는데 마음이 좋지 않다. 볼거리가 많은데도 모든 게 시들했던 이유가 있다.

시장 구경을 위해 들어선 초입에서 만난 누렁이 때문이다. 모란시장에서 제일 먼저 맞닥뜨린 것이 끝이 안 보이게 늘어선 건강원이다. 가게 앞 철창에는 흑염소, 개, 고양이들이 슬픈 눈을 하고 있었다. 동물을 바로 잡아 흑염소탕이나 개소주를 만들어 줄 모양이다. 건강원을 찾는 사람들이나 개장국을 먹는 사람을 혐오하지는 않는다. 그러나 모란시장 건강원 앞의 누렁이는 너무 애처롭다. 이 동물들에게는 지옥 같은 곳이다.

백 가지가 다 싫어도 한 가지가 좋아 모두 좋아지기도 하고, 백 가지가 다 좋아도 어느 하나가 싫어 모두 다 싫어지기도 한다. 모란시장이 후자에 속한다. 즐비한 건강원 모습이 시장 구경을 즐기려던 내 마음에 들어앉아 자꾸 훼방꾼 노릇을 한다. 한껏 부풀었던 기대가 모래알처럼 흩어지고 실망만 안고 돌아 나오는데 기분이 언짢다.

모란시장을 벗어나 친구들과 천 원에 여섯 개 하는 국화빵을 하나씩 베어 물었다. 구수하고 달콤하다. 국화빵이 울렁거리는 속을 달래 주면 좋겠다.

평촌 알뜰벼룩시장

4년 전, 15년 묵은 먼지를 탈탈 털어 내고 가까운 이웃 동네로 이사를 했다. 이사 날을 잡아 놓고 집을 둘러보니 그 새 짐을 많이도 불려 놓았다. 안 쓰는 물건을 과감하게 버리고 짐을 줄여 이사하려 했지만 버리는 게 쉽지 않았다. 고민하게 한 물건 중 하나가 어린이용 캐리어다. 애들 아빠가 해외 출장 갔다 오면서 빨간, 파란, 노란색으로 디자인된 똑같은 캐리어 2개를 사와 큰아이와 작은아이에게 선물로 안겨 주었다. 여행 갈 때 짐을 자그마한 캐리어에 담아 주면 둘이 신나 하며 고사리 같은 손으로 끌고 다녔다.

이제 성인이 되어 쓸모없는 가방이 되었는데도 캐리어를 끌고 엄마 아빠 뒤를 병아리처럼 따라오던 모습이 선해 이삿짐에 실어 왔다. 소용이 닿지 않지만 이런저런 사연을 담고 있어 내치지 못하고 끌려 온 물건이 이것뿐이 아니다.

평촌 중앙공원 차 없는 거리에 알뜰벼룩시장이 열렸다. 차 없는 거리에는 학생들이 갖고 나온 학용품과 장난감을 시작으로 옷장에 깊이 모셔 두었던 옷, 생활용품, 책 등 어디서 쏟아져 나온 것인지 믿기 어려울 만큼 줄지어 늘어선 많은 물건에 눈이 휘둥그레진다. 사지 않고 구경만 하더라도 나들이하기 좋은 곳으로 토요일이면 중앙공원 알뜰벼룩시장에 사람들이 북적인다. 활기차고 재미있어 가끔 딸과 구경을 간다. 기분 좋게 팔고 기분 좋게 사는 곳이다.

벼룩시장을 구경하고 온 날에는 쓰지 않고 집에 모셔 둔 물건에 자꾸 눈이 간다. 그냥 쓰레기통에 버리자니 가엾고 누군가 필요한 사람이 사용한다면 덜 마음이 쓰일 것 같았다. 벼룩시장에 돗자리 하나 펴고 나서 볼까? 생각만 굴리고 있다가 작은아이에게 넌지시 말을 꺼냈다.

"우리도 벼룩시장에 돗자리 펴 볼까? 캐리어랑 안 보는 책이랑 신발도 있고 음악 CD도 안 듣는 거 있는데."

조심스럽게 물어봤는데 아이는 망설임도 없이 재미있겠다며 돌아오는 토요일에 같이 가잔다.

"윤서네 엊그제 이사했는데, 이사 전에 버릴 거 버리고 팔 만한 거 정리해서 엄마 아빠랑 같이 가서 팔았대."

"정말? 얼마치 팔았대?"

"13만 원인가."

나서 보면 좋겠다는 생각이 들어 말은 꺼냈지만 자신이 없었다. 그런데 용감한 딸이 앞장서겠다는 말과 윤서네도 팔고 왔다는 말에 용기가 났다. 높은 곳에 올려놓고 먼지만 씌우던 물건을 내려 깨끗하게 손질해 거실 한쪽에 차곡차곡 쌓았다. 이참에 살림 정리가 됐다. 비가 오면 개장을 하지 않는다는데 소풍 가기 전날처럼 마음이 쓰였다. 다행히 날씨 맑음. 우리는 신발, 가방, 책, 음악CD, 인형, 옷가지 등을 차에 실었다. 두 사람 앉을 자리만 겨우 남기고 트렁크와 뒷자리까지 꽉 들어찼다.

알뜰벼룩시장은 안양시 청소과에서 운영하는데 2001년 4월에 처음 문을 열었다. 초기에는 시민들의 참여가 저조했지만 점차 인기를 끌면서 안양의 명물로 자리잡았다.

경기도 안양시 평촌중앙공원 옆으로 차도를 막은 '차 없는 거리'에서 5월부터 11월까지 매주 토요일 낮 12시부터 6시까지 열린다. 참가자는 안양시 거주 일반 시민, 학생, 단체로 주민등록증을 지참해야 한다. 취급 품목은 중고품으로 의류, 신발, 도서, 완구 등 생필품을 판매할 수 있고 신제품, 먹거리, 고가의 제품은 판매할 수 없다.

일상생활에서 쓰고 남은 중고물품을 서로 교환하거나 판매하면서 재활용을 통해 절약하는 사회 풍토를 만들고, 학생들의 참여로 생활용품의 절약을 생활화하자는 취지에서 벼룩시장을 열고 있다.

차 없는 거리에 도착해서 참가 신청서를 작성하고 추첨을 통해 좌석 번호와 참가증을 받았다. 배정 받은 자리에 재활용품을 가지런히 보기 좋게 펼쳐 놓았다. 신발은 손님이 신어 보기 좋게 앞에 배치하고 뒤로 옷과 CD, 책을 놓았다. 흰 종이에 가격을 적어 붙였다. 주위를 둘러보니 모두 가져온 짐을 펼치느라 여념이 없었다. 초등학교 저학년으로 보이는 꼬마가 낚시 의자에 앉아 한문 쓰기 교본 1권, 천으로 만든 필통, 빨간 열쇠고리, 아기 때 신던 작은 신발을 펼쳐 놓았다. 장을 펼친 사람들끼리 서로 마음에 드는 물건이 있으면 물물교환을 한다. 우리 옆에 자리 잡은 대학생들은 책꽂이 정리를 했는지 헌책방 같다. 학생들의 '다빈치코드' 책 1권과 우리 운동화와 맞바꾸었다.

없는 거 없이 다 있는 알뜰벼룩시장, 가죽 가방이 천 원, 옷이 3벌에 천 원, 구두가 한 켤레 3천 원, 자전거가 만 원, 추억의 주판이 2천 원. 재봉실을 3개 5백 원에 파는 할머니도 계셨다. 예전에 실 가게를 했는데 장사를 접어 몇 개씩 들고 나와 파신단다. 아기 유모차가 만 오천 원으로 벼룩시장에서는 제법 고가제품이다. 아직 새것인데 아이가 많이 자라 필요 없게 되어 갖고 왔다고 한다.

'삼천리 자전거 특별우대가격 14,900원 주의 : 바람을 꽉 채웠으니 바람을 더 넣지 마시오. 터집니다.' 자전거 주인인 꼬마가 색연필로 꾹꾹 눌러쓴 상품 설명에 애정이 담겨 있다.

시간이 지남에 따라 벼룩시장에 구경 나온 사람들로 북적이고 흥정이 시작됐다. 여기저기서 오백 원! 천 원! 하는 외침이 들린다. 벼룩시장에서나 들을 수 있는 싼 가격이다.

한 아주머니가 우리 신발을 들여다본다. '아, 어떡하지. 일어서서 손님을 맞아야 하나? 싸게 줄게요. 골라 보세요. 라고 할까?' 머리에서만 궁리가 많았지 정작 아무 말도 못하고 가는 손님의 뒷모습만 멀뚱히 쳐다보았다. 장사가 쉬운 일이 아니다. 첫손님은 그리 보내고 뒤이어 온 손님들에게 운동화, 요리책, 옷을 팔았다. 손님을 맞다 보니 시간이 금방 지나갔다. 파장 시간이 다 되어 가는데 어린이용

캐리어 2개가 주인을 찾지 못하고 서 있다. 팔지 못하면 주최 측에 기증하자고 딸에게 말하는데 젊은 엄마가 다가와 둘 중에 좀 나은 듯 보이는 캐리어를 들어 보이며 가격을 묻는다. 1개만 필요했나 보다. 3천 원인데 2개 다 가져가면 5천 원에 주겠다고 했다. 늘 함께였던 캐리어가 서로 다른 집이 아닌 한 집으로 가길 바라는 마음에서 2개 엮은 가격을 말했더니 흔쾌히 2개 값을 치르고 가뿐하게 끌고 갔다.

우리는 캐리어를 향해 잘 가라며 손을 흔들어 주고 딸과 눈을 맞추며 기분 좋게 웃었다. 팔지 못해 남은 옷은 기증하고 그날 번 돈으로 짜장면 한 그릇씩 먹고 들어왔다. 우리는 용감했다며 며칠 동안 장 펼친 이야기를 곱씹고 추억거리 만든 것을 즐거워했다.

풍족한 시대에 살고 있어 귀함을 잊고 살아가는데 알뜰벼룩시장에서 작은 것을 소중히 여기는 절약을 배웠다. 벼룩시장에서는 만 원 한 장으로도 살 것이 많아 한 보따리 안고 간다. 백 원짜리 동전도 귀하게 쓸 수 있는 곳이다. 사는 사람과 파는 사람, 작은 것을 아끼는 아름다운 사람들이 모인 알뜰벼룩시장이 그래서 빛이 난다.

그들의 모습이 아름답다

며칠째 구름 한 점 없이 맑은 가을 하늘이더니 '세계롤러스피드스케이팅 선수권대회'의 하이라이트인 마라톤 경기가 있는 날, 아침부터 부슬부슬 가을비가 내렸다. 8시경 우산을 받쳐 들고 응원 차 마라톤 경기 반환점인 소방파출소 앞으로 갔다. 마라톤 경기 반환점 앞에 바리케이드가 쳐 있고 만약의 경우를 대비해 구급차가 대기하고 있다. 교통경찰은 후루라기 소리를 높이며 교통정리를 했다.

경기가 진행되고 있으나 이른 시간이어서 응원 나온 시민은 별로 없고, 도우미들만 우비를 입고 곳곳에 서 있다. 빨간 조끼를 입은 해병대 전우회 아저씨에게 물으니 지금 여자 부문 주니어 경기가 진행 중이라고 한다.

버스 정류장 의자에 앉았다. 연두색 조끼를 입은 행사 진행자가 옆에 있던 또 다른 행사 진행자에게 하는 말이 귀에 들린다.

"말씀드려. 오늘 버스 안 선다고."

그분 말에 내가 대신 대답했다.

"버스 타러 온 게 아니고 인라인 마라톤 경기 응원하러 온 거에요."

행사 진행자가 머쓱해하며 웃는다.

비는 여전히 내리고 있다. 의자에 잠시 앉아 있으니 하얀 오토바이가 노란색 헤드라이트를 환히 밝히고 선두 그룹을 이끌고 천천히 달려오고 있다. 오토바이 운전자의 뒷자리에는 대회 안내인인 외국인 남자가 타고 있다. 대회 안내인은 뒤를 돌아보며 달려오는 선수들을 살폈다. 단독으로 치고 나가는 선수 없이 무리지어 달린다.

선수들이 미끄러지듯 달려오고 있다. 선수들을 응원하기 위해 자리에서 일어섰다. 경사가 있는 곳을 오를 때는 힘에 부친 듯 얼굴 표정이 일그러졌다. 경쟁해야 할 선수들 무리에 섞여 달리면서도 자신과 외로운 싸움을 하며 얼마나 힘이 들까, 이 대회에 나오기 위해 그동안 얼마나 많은 연습을 했을까. 그들을 지켜보는 동안 코끝이 찡했다.

시민들이 선수들을 응원하기 위해 모여들고 선수들을 응원하는 함성이 들려온다.

"이제 뒤에 처지면 안 돼. 얼마 안 남았어. 힘내!"

잘 달리던 중국 선수가 빗길에 미끄러져 넘어졌다. 선두 그룹에서 뒤처진 중국선수는 선두 그룹을 따라잡기 위해 안간힘을 쓰며 무리를 향해 뒤쫓았다. 중국 선수의 뒷모습이 아스라이 멀어졌다. 선두 그룹이 사라지고 뒤처진 선수들이 서너 명씩 앞뒤로 서서 달리고 있다.

이란 선수의 유니폼이 인상적이다. 이란 선수를 제외한 모든 선수들이 타이즈처럼 몸매가 드러나는 유니폼을 입은 반면 이란 선수들은 머리를 가리는 히잡(hijab)이 달린 유니폼을 입고 출전했다. 히잡은 아랍권의 이슬람 여성들이 외출할 때 머리와 상반신을 가리기 위해 쓰는 스카프다. 이란 유니폼은 몸매가 드러나지 않게 헐렁했고 상의는 엉덩이를 덮을 만큼 길었다.

흰색 오토바이가 선두 그룹을 이끌고 또 올라오고 있다. 마지막 바퀴다. 선수들은 반환점을 돌아 비산사거리 쪽의 골인 지점을 향해 열심히 달려가고 있다. 응원 나온 시민들은 골인 지점을 향해 달려가는 그들의 등 뒤에 대고 힘찬 박수를 보냈다.

주니어 경기를 보면서 그동안 대회를 위해 흘린 땀방울이 보이는 듯했고, 전력 질주하는 에너지를 함께 느낄 수 있었다. 힘차게 달리는 선수 모두가 우승 선수처럼 보인다. 비를 맞으며 최선을 다해 달리는 그들의 모습이 무척 아름다웠다.

'겨울연가' 주인공 덕분에

    국제가수 싸이의 '강남스타일' 뮤직비디오가 2012년 12월 21일에 구글의 자회사인 유튜브에서 조회수 10억뷰를 달성했다는 소식이 들려왔다. 인터넷 역사상 10억뷰를 넘은 최초의 비디오로 지난 7월 15일 뮤직비디오 공개 후 불과 4개월이 조금 지나 이룬 성과이다. 세계는 지금 말춤을 추며 싸이의 '강남스타일' 앓이 중이다. 가수 싸이의 반가운 소식에 7년 전의 일이 떠오른다.

    "날 참 덥네. 배용준이 누구야?"
    퇴근한 남편이 얼굴의 땀을 손수건으로 닦으며 현관에 들어서자마자 묻는다.
    '배용준' 이란 이름은 귀에 익은 것 같긴 한데 얼굴은 모르겠다면서.
    "갑자기 웬 배용준? 드라마 '겨울연가' 에 나온 남자 주인공인데 왜?"

대만 출장을 준비하고 있는 남편에게 대만 거래처 담당자가 자기 아내가 몹시 갖고 싶어한다면서 배용준 브로마이드 1장 구해 줄 수 있느냐고 묻더란다.

그의 아내는 지난겨울 남편의 출장을 따라 여행 겸해서 우리나라에 왔었다. 서울에서 일을 보고, 다음 날 설악산에 눈을 보러 간다고 해서 그냥 보내기 섭섭해 집으로 초대했다. 갈비찜, 잡채, 김치로 상을 차려 대접했더니 대만에서 우리나라 드라마의 김치 먹는 장면을 자주 봤다며 김치에 관심을 보였다.

우리나라의 '겨울연가'가 대만에서는 '동지연가'라는 제목으로 일본에서는 '겨울 소나타'라는 제목으로 방영한다는 얘기를 들었는데 그의 아내는 지금 '동지연가'를 보고 가슴앓이 중이라는 말에 기꺼이 구해 보마 했다. 우선 인터넷의 '배용준을 사랑하는 모임' 카페에 글을 올렸다.

'급합니다! 이렇게 부탁하는 저는 주부인데 애 아빠가 며칠 뒤에 대만으로 출장을 갑니다. 거래 업체 담당자가 배용준 브로마이드를 구해 달라는 부탁을 했대요. 그곳에서 지금 '겨울연가'가 TV 전파를 타고 있는데 애들은 물론 주부들 사이에서 인기가 좋다네요. 여기저기 돌아봤는데 생각보다 브로마이드 구하기가 쉽지 않네요. 모레까지 구해야 하는데 아시는 분 부탁드려요? 꼭이요.'

글을 올리자마자 인터넷 카페에 접속한 사람이 많았는지 댓글이 줄줄이 올라왔다. '백화점 ㅇㅇ매장에 가 보세요. 카탈로그를 구하실 수 있을 겁니다. ㅇㅇ옷 매장에서 배용준 엽서를 준다는 얘기를 들었습니다. 그 매장에 가 보세요. ㅇㅇ핸드폰 매장에 방문하시면 브로마

이드를 구하실 수 있을 겁니다. ㅇㅇ투자신탁에 가 보세요.'

다음 날, 남편은 인터넷 카페에서 얻은 정보로 알아보기로 하고 나는 시내의 서점과 연예인 사진 파는 가게를 둘러보기로 했다. 우리나라는 오래전에 드라마가 끝났기 때문에 배용준 엽서는 파는 게 몇 장 있는데 브로마이드는 없다는 것이다. 당장 내일이 출장 가는 날인데 브로마이드는 구하지도 못하고 빈손으로 터덜터덜 아파트 현관으로 들어서는데 남편에게서 전화가 왔다. 인터넷 카페에서 알아낸 정보로 그 회사에 전화를 했더니 바로 오토바이 퀵 서비스로 회사까지 브로마이드 10장을 보내왔다는 것이다. 그리고 옷 매장에서 팸플릿을 보내 줬다며 그만 알아보라고 했다.

남편은 출장 때면 작은 선물로 준비했던 술, 담배 대신에 배용준 브로마이드와 팸플릿을 가지고 출장을 떠났다. 브로마이드와 팸플릿을 담당자에게 전해 줬더니 그의 딸이 좋아서 겅중겅중 뛰고 아내에게서 평소 들어 보지 못했던 당신 멋지다는 말까지 들었다고 웃더란다. 이번 출장에는 '겨울연가' 주인공인 배용준이 같이 거들어 줘 갔던 일은 생각 이상으로 잘됐다며 우스갯소리를 한다.

한국 드라마가 동남아에서 한류 열풍을 일으킬 만큼 인기가 있어 수출 상품으로 부각되고 있다. '반지의 제왕'이란 영화로 뉴질랜드가 돈으로 환산할 수 없는 경제 효과를 얻었다는 말에 많이 부러웠는데, 우리나라도 드라마나 영화 수출로 외국인들이 우리나라를 찾는 관광 사업으로까지 이어지고 있다는 소식이 여간 반가운 게 아니다.

지구촌에 열풍을 일으키고 있는 '강남스타일'의 바탕에는 동남아부터 시작된 한류의 첫 삽인 배우 배용준을 비롯한 K-POP의 높은 위상이 있었다.

4

나도 DJ

올챙이

　관악산으로 오르는 초입에 짚을 엮어 얹은 초가집이 한 채 있다. 보리밥을 파는 집이다. 음식 맛도 좋지만 초가지붕에 더 정이 가는 곳이다. 안으로 들어서면 나무 기둥과 기둥 사이에 황토를 바른 벽과 창호 문이 있다. 창호 문을 열면 마당에 우물이 보이고 보기 좋게 걸려 있는 두레박이 눈에 들어온다. 뒤뜰에는 철 따라 향기 좋은 꽃이 번갈아 피어나고 하늘을 향해 양팔 벌린 나무들이 버티고 서 있어 시골에 와 있는 기분이 든다. 도시 냄새만 맡으며 자란 탓에 시골 풍경이 어머니 품처럼 항상 그립다. 초가집을 보면 설레고 반갑다.

　친구들과 초가집에 들러 보리밥으로 점심을 먹고 뒤뜰을 거닐었다. 꽃과 나무, 맑은 공기가 상쾌하다. 산에서 내려오는 물이 지나는 자리에 시원한 계곡물이 흘러넘치는 커다란 돌 수반이 있다. 수반에 떠 있는 물풀을 들여다보니 물풀 뿌리 사이로 꼬물꼬물 올챙이가 왔다 갔다 한다. 갑자기 올챙이를 키워 보고 싶은 충동이 생겼다. 비닐봉지를 하나 챙겨 들고 뒤뜰로 숨어들었다. 몰래 가져가려는 마음이 앞서서인지 나도 모르는 새에 발뒤꿈치가 들리고 느린 걸음으로 살금살금 걷는다. 손님들 주차를 돕던 아저씨가 올챙이 잡는 내 모습을 보더니 많이 잡아가란다. 허락도 받았겠다 여러 마리 잡아갈 욕심에 봉지 입구를 최대한 넓게 해서 훑었는데 모두 흩어져 허탕이다. 네댓 번의 헛손질 끝에 겨우 잡은 올챙이가 3마리다. 욕심이 과해 데려오긴 했지만 베란다 작은 어항에 풀어 놓고 들여다보니 안쓰럽다. 넓은 자연에서 산바람 쏘이며 살아야 하는데 콘크리트 아파트, 그것도 다락같이 높은 15층 꼭대기에 올려놓았으니 어지럼증이 생길지도 모를 일이다. 하지만 미안한 마음을 모른 체했다.

아파트 상가 앞을 지나는데 꽃집 앞에 잔뜩 내놓은 꽃이 발길을 잡는다. 꽃에 반해 기웃거리다 부레옥잠에 눈이 갔다. 올챙이가 생각났다. 미안한 마음이 들 때는 선물이 최고다. 싱싱하게 잎이 푸른 걸로 한 뿌리 사 왔다. 베란다로 내리쬐는 햇볕이 따가워도 숨을 곳이 없던 올챙이가 부레옥잠을 넣어 주자마자 기다렸다는 듯이 냉큼 뿌리 틈새로 꼬리를 흔들며 숨어든다. 선물을 흔쾌히 받아 주니 여간 고맙지 않다.

삶은 계란과 붕어 먹이를 잘 먹는다는 말에 금붕어 키울 때 먹였던 먹이를 찾아내 어항에 뿌려 주었다. 며칠 새에 머리 쪽 부분이 2배나 굵어졌다. 올챙이가 자라는 걸 가까이에서 지켜보니 무척 신기했다. 아침저녁으로 말을 건네며 일삼아 들여다본다. 이제나저제나 뒷다리가 나오기를 기다리고 있는데 영 나올 기미가 없다.

한동안 모른 체하고 지내다 오랜만에 부레옥잠을 쳐들어 보니 2마리는 꼬리 앞쪽 부분에서 뒷다리가 이미 나와 있었고 남은 1마리마저 뒷다리는 물론 머리 아랫부분에 앞다리가 나와 있었다.

"얘들아! 올챙이에 다리 생겼어. 나와 봐. 얼른, 얼른."

아이들이 뛰어나와 한참 들여다보며 신기해했다. 꼬리가 달린 개구리는 도롱뇽을 닮았다. 꼬리를 좌우로 흔들며 활발하게 헤엄치는 모습에 한동안 꼬마들 사이에 유행해 어른들까지 엉덩이춤을 추며 따라 불렀던 '올챙이 송'이 생각났다.

"개울가에 올챙이 한 마리 꼬물꼬물 헤엄치다, 뒷다리가 쏘옥. 앞다리가 쏘옥. 팔딱팔딱 개구리 됐네. 꼬물꼬물, 꼬물꼬물, 꼬물꼬물 올챙이가, 뒷다리가 쏘옥. 앞다리가 쏘옥. 팔딱팔딱 개구리 됐네."

노랫말처럼 올챙이는 뒷다리가 먼저 나오고 이어 앞다리가 나왔다. 다리가 생긴 뒤로는 얼마나 잘 자라는지 꼬리가 짧아지는 게 눈에 보이는 것 같았다. 올챙이가 잘 자라 주어 고마운 한편, 아쉬운 마음이 든다. 올챙이가 개구리로 변하는 과정을 오래 지켜보고 싶었는데 생각보다 너무 빨리 자랐다. 말 못하는 꽃이나 동물도 사랑을 많이 받으면 잘 자란다고 하더니 내 사랑이 너무 넘친 모양이다. '먹이를 자주 주는 게 아니었는데……'

꼬리가 짧아져 완전히 없어지면 어항에서 뛰쳐나갈 것이다. 개구리가 베란다에서 팔딱팔딱 뛰어다니면 얼마나 좋을까. 그러나 물기라고는 전혀 없는 베란다에서 개구리는 하루도 살지 못한다. 아이들이 어렸을 적에 계곡에서 잡아온 송사리를 어항에서 기르다 자연으로 돌려보낼 때를 놓쳐 안타까운 일을 겪은 적이 있다. 서운하지만 개구리로 변하기 전에 올챙이를 놓아 주기로 했다.

올챙이를 데리고 초가집 마당에 들어서니 보리밥을 먹으러 온 손님인 줄 알고 입구에 서 있는 아저씨가 허리를 접으며 꾸벅 인사를 한다. 아니라고 손사래를 치며 전에 잡아간 올챙이의 앞다리가 나와서 풀어 주려 한다니 아저씨가 웃는다. 뒤뜰의 돌 수반 안을 들여다보았다. 뒷다리 나온 올챙이가 몇 마리 눈에 뜨일 뿐 머리가 까만 올챙이만 바글바글하다. 두꺼비가 낳은 덩치 큰 올챙이까지. 우리 집 올챙이는 붕어 먹이를 자주 먹여 빨리 자랐나 보다.

　아파트에서 함께 지내던 올챙이를 초가집 돌 수반에 풀어 주었다. 올챙이 3마리가 꼬리를 마구 흔들며 눈 깜짝할 새에 친구들 틈으로 사라졌다. 내가 시골 풍경을 어머니 품처럼 그리워하는 것 같이 올챙이도 초가집의 친구들이 몹시 그리웠나 보다. 올챙이가 있어야 할 자리에 놓아 주니 마음이 놓인다. 있어야 할 자신의 자리만큼 편하고 좋은 곳이 또 있을까. 꼬리가 떨어져 개구리가 되는 날, 개구리는 돌 수반에서 뛰쳐나와 개울을 찾아 나설 것이다.

　한구석에 자리했던 묵직한 마음을 내려놓고 돌아서니 마음이 한결 가볍다.

나도 DJ

'음악의 마을'이라는 라디오 방송을 듣고 있는데, 진행자가 '나도 DJ' 코너에 참여하고 싶은 분은 미리 전화 신청을 해 달라고 한다. 호기심에 방송국으로 전화를 걸었다. 청취자가 원고도 직접 쓰고 노래 선곡도 직접 해서 방송국 스튜디오에 나와 생방송을 하는 것이란다. 생방송이라는 말에 놀라 그냥 궁금해서 전화 걸어 봤다고 말끝을 흐리며 끊었다. 그리고 그 일은 잊고 지냈다.

보름쯤 지났을 때 방송국에서 전화가 걸려 왔다. '나도 DJ'에 참여해 볼 생각이 없느냐며 한번 참여해 보라고 권유했다. 고민이 되었다.

청취자에게 방송의 기회를 줄 때 스튜디오를 구경하는 것도 나쁘지 않을 것 같고, 실수를 하더라도 얼굴을 보여 주는 TV가 아니라 괜찮겠다 싶어 참여하는 것으로 마음을 정했지만 걱정되는 부분도 있었다.

'얼굴을 보여 주지는 않지만 녹화방송도 아닌 생방송인데 방송 사고라도 나면 아찔하잖아.'

긍정적인 생각과 부정적인 생각이 뒤엉켜 망설이고 있는데, 방송 작가가 "그럼 하는 걸로 알고 전화 끊겠습니다. 글 써 가지고 다음 주에 방송국으로 오세요."라는 말을 남기고 전화를 끊었다.

얼떨결에 대답은 했지만 막상 방송하기로 한 날짜가 다가오자 병이 날 것 같았다. 사서 고생이라는 말이 딱 맞았다.

방송하기로 한 날, 노래를 두 곡 선곡해서 청심환을 한 알 입에 물고 방송국으로 갔다. 방송국 17층 스튜디오로 향하는데 온몸에 소름이 돋고 한기마저 느껴졌다. 그냥 도망가 버리고 싶었다.

작가에게 몇 가지 주의사항을 듣고는 원고를 들고 스튜디오 안으로 들어갔다. '음악의 마을' 진행자가 방송을 하면서 어서 오라고 눈인사를 했다. 음악이 나가는 동안 남자 진행자와 간단히 인사하고 마음을 진정시키기 위해 깊게 심호흡을 했다. 얼마나 떨리던지 깊게 들이마신 숨을 내뱉는데 입에서 휘파람 소리가 났다. 진행자는 마음을 편하게 가지라 했지만 마음대로 되지 않았다.

광고가 나가고 'ON AIR'라는 글자에 불이 켜지면 원고를 읽어 내려가라고 했다. 왜 이걸 하겠다고 했는지 후회막급이다. 라디오 광고가 나가고 'ON AIR'라는 글자에 불이 들어왔다. 이제는 도망가고 싶어도 도망갈 수 없는 처지가 되었다. 스스로 자초한 일이니 내 스스로 책임져야 했다.

"안녕하세요? 음악의 마을 나도 DJ의 이재숙입니다. 다섯 살 된 여자아이가 고려장에 관한 TV 코미디를 굳은 표정으로 보고 있습니다. 포졸들이 노인을 찾아 집집마다 뒤져내는 장면에선 잡히면 안 되는데 해 가며 안타까워합니다. 저 어린 눈에도 늙은 부모를 지게에 져다 산에 버리는 관습이 몹쓸 짓으로 보였나 봅니다.

아들이 없어 노후를 염려하던 엄마는 역시 맏딸은 뭐가 달라도 다르다며 고려장에 대해 열심히 설명을 해 줍니다. 내 노후는 든든하다는 안도의 한숨을 내쉬기도 전, 딸의 질문에 엄마는 할 말을 잃었습니다.

"엄마, 요새도 저렇게 해야 하는 거야? 근데, 엄마는 뚱뚱해서 지게에 못 지는데 어떡하지? 무거워서."

토끼 같은 우리 딸 이야기입니다. 우리 딸이 좋아하는 서태지와 아이들의 '환상 속의 그대' 들으시겠습니다."

서태지와 아이들의 음악 중에 제일 신나는 '환상 속의 그대'가 흘러 나왔지만 내 귀에는 전혀 신나는 음악이 아니었다. 진행자가 앞부분은 잘했으니 뒷부분도 잘할 수 있을 거라며 힘을 실어 주었다.

노래가 끝나고 다시 글을 읽어 내려갔다. 여전히 목소리에 떨림이 남아 있다.

"나도 DJ, 함께하고 계신 시각은 5시 30분입니다. 결혼이라는 걸하기 전, 남자들의 모습입니다. 생일에 근사한 카페에서 14K 반지를 끼워 주던 남자, 레스토랑에서 식사를 할 때 자상하게 샐러드를 비벼 주던 남자, 결혼하면 저 푸른 초원 위에 그림 같은 집을 지어 주겠다던 남자가 낯선 남자로 변해 버렸습니다. 저녁 식사를 마치기가 무섭게 소파에 누워 TV 리모컨을 들고 꼼짝하지 않는 남자, '아휴, 귀찮아. 화장실 좀 대신 가 줄래?' 하며 예쁜 소리를 하는 남자, 출근

할 때는 입고 자던 잠옷은 애벌레의 허물처럼 고스란히 남겨 둔 채 도망가는 남자로. 노후를 편안하게 보내고 싶지 않으십니까? 저는 언제나 그 자리에 있는 붙박이 장롱이 아니랍니다. 신효범의 '언제나 그 자리에' 들으시겠습니다."

드디어 멘트는 끝이 나고 신효범의 '언제나 그 자리에' 음악이 흘러나왔다. 진행자는 잘했다고 칭찬을 했지만 듣기 좋으라고 해 주는 말이라는 걸 잘 안다. 호흡이 흔들려 한두 차례 말이 엉키기도 하고 침을 꿀꺽 삼키느라 2초간 말이 멈추기도 했다. 방송하는 동안 뛰쳐나가고 싶을 만큼 힘이 들었다. 방송은 아무나 하는 일이 아니었다.

스튜디오를 나서는데 발이 개펄에 묻히는 것만 같았다. 내가 할 분량을 아무 사고 없이 끝마쳤다는 것이 고맙고, 새가 되어 하늘을 날아오를 것처럼 마음이 홀가분했다. 잘하지는 못했지만 낯선 일에 도전한 용감한 하루였다.

나를 만들어 가는 즐거움

　배움을 통해 나를 만들어 가는 즐거움이 크다.

　어머님이 물려준 재봉틀을 활용할 생각에 홈패션 강좌에 등록하고 한동안 온 집을 천으로 뒤집어씌우며 재봉틀을 끌어안고 살았다. 수영장 물을 코로 넘겨 가며 '음·파·음·파' 하고 보낸 세월이 10년이다. 얼마 전에는 포토샵을 배우겠다고 4개월 동안 컴퓨터 교실 문지방이 닳도록 열심히 드나들고, 배운 요리를 실습하겠다고 싱크대 위를 난장판을 만들어 놓았다. 배우는 것이 좋아 꼬리를 물고 정신없이 쫓아다니다 보면 힘이 부칠 때가 있다. 그러다 문득 이런 생각을 하게 된다. '불혹을 넘긴 늦은 나이에 무얼 배우겠다고 이리 바삐 쫓아다니나. 무슨 소용이 닿는 일이라고.'

　'포토샵' 첫 수업 날, 컴퓨터만 자리를 지키고 있는 강의실에 제일 먼저 도착해 컴퓨터를 켜는데 앞문이 열리고 어르신이 들어섰다. 일

혼이 다 되어 보이는 할아버지다. 옆에 묵향이 가득한 서예반과 컴퓨터 기초반이 있던데 반을 잘못 찾아온 분일 거라는 생각에 의아하게 쳐다보았다. 포토샵반은 컴퓨터 기초반을 이수한, 컴퓨터 활용이 가능하다는 전제 하에 수업이 진행되기 때문이다.

선생님이 들어와 출석을 부르는데 선생님의 호명에 할아버지가 큰 소리로 대답을 하신다. 반을 잘못 찾아온 것이 아니라니 잠시나마 할아버지를 과소평가한 것이 죄송했다.

포토샵반에서 배우게 될 포토샵 기술은 디지털 카메라로 찍은 사진을 나만의 작품으로 만들어 활용할 수 있다. 얼굴에 있는 점도 성형하듯 없애는 수정이 가능하다. 인터넷 블로그를 멋진 모습으로 꾸밀 수 있는 재미있는 수업이다. 직장인의 경우에는 회사에서 필요한 프레젠테이션 파일을 만들 때 포토샵 기술을 이용하기도 한다. 포토샵에 대한 간략한 설명과 함께 수업이 시작됐다. 포토샵은 요술방망이라는데 기대가 컸다.

그런데 흥미로워야 할 수업이 할아버지로 인해 전혀 즐겁지 않다. 할아버지의 맥 끊는 질문에 수업은 진도를 나가지 못하고 엉거주춤 제자리걸음이다. 앞에 서서 강의하던 선생님이 할아버지의 질문에 왔다 갔다 하며 놓친 부분을 재차 설명해 주고는 강의를 이어 갔다. 하지만 몇 걸음 앞으로 나가지도 못했는데 또다시 할아버지의 질문이 발목을 잡았다. 정도가 너무 심했다. 마칠 시간이 다 되어 가는데 거의 진도를 나가지 못했다. 우리는 잦은 질문에 예민할 대로 예민해졌다.

좌측에서 '페인트 통'을 선택한 후에 우측 팔레트에서 '노란색'을 골라서 테두리를 그어 놓은 빨간 장미 꽃잎에 부으라고 했다. 그러면 눈 깜짝할 새에 빨간 장미가 노란 장미로 바뀐다고 했다. 설명한 대로 마우스를 열심히 움직이는데 할아버지가 또 손을 들었다.

"선생님, 페인트 통이 어디에 있나요? 안 보이는데요?"

예민해진 우리들은 선생님을 대신해 약속이라도 한 것처럼 입을 모아 대답했다.

"좌측. 위에서 여섯 번째, 그 안에 있어요!"

"아, 여기 있구나. 허허, 죄송합니다."

세 시간의 수업이 끝났지만 배운 것이 별로 없다. 아침 일찍 열 일 제치고 서둘러 수업을 받으러 왔건만 양껏 배우지 못해 여간 아쉬운 게 아니다.

할아버지가 잘 따라오지 못하다 보면 그만두실지도 모른다. 할아버지들이 열정을 갖고 컴퓨터를 배우러 오지만 대개 잘 따라가지 못해 중간에 낙오되는 경우를 여럿 보아 왔다. 조금만 참아 보기로 했다.

어느덧, 두 달이 지났다. 그러나 할아버지는 다른 할아버지와 달랐다. 할아버지에게 우리들 마음은 그리 중요하지 않았다. 아니, 당신이 힘들게 쫓아가긴 하지만 하나씩 알아 가는 재미에 푹 빠져 주위를 돌아볼 겨를이 없다는 말이 더 맞을 듯하다. 할아버지는 삼십 분이나 일찍 강의실에 도착해 '오늘은 선생님이 무엇을 가르쳐 주시려나.' 하며 들뜬 마음으로 선생님을 기다린다.

바쁘다는 핑계로 가방만 들고 왔다 갔다 하는 나와는 달리, 할아버지는 복습을 열심히 하기 때문에 항상 질문이 많다. 늘 한 보따리씩 질문을 들고 와 선생님 앞에 펼쳐 놓는다. 그러다 보니 놀랍게도 할아버지의 실력이 눈에 보이게 달라졌다. 선생님의 설명 도중에 발목을 잡던 횟수도 줄어들고 질문에 답변도 잘하셨다. 우리들보다 더 많은 것을 알고 계신 할아버지 모습에 자극이 되었다. 오랜만에 큰맘 먹고 복습을 해 보기로 했지만 중간에 막혀 손을 놓았다. 다음 수업 시간에 할아버지를 보자마자 "지난번에 배운 거 복습하셨어요? 저는 복습하다가 중간에 포기했어요."라고 하니 가방에서 주섬주섬 스프링이 달린 공책을 꺼내 보여 주는데 보통 공책이 아니었다. 할아버지는 지금까지 배운 것을 컴퓨터로 정리해 프린터기로 뽑아서 스프링에 끼워 책을 만들었다. 놀라지 않을 수 없다. 포토샵을 모르는 초보도 쉽게 따라 할 수 있게 사진까지 곁들인 설명이 무척이나 자상했다. 할아버지 주변으로 선생님과 학생들이 모여들어 수작업으로 만든 책을 돌려 보며 감탄했다. 그동안 선생님 설명에 잘 쫓아오지 못하더니, 책을 만들 생각에 토씨 하나라도 놓치지 않으려고 그리 분주하셨나 보다. 집에서 할머니가 컴퓨터 앞에만 앉아 있는 할아버지에게 컴퓨터랑 같이 살라고 잔소리한다며 웃는다.

마지막 수업 시간에 컴퓨터 안에 집을 한 채씩 마련했다. 블로그에는 사진과 글을 올릴 수 있고 친구들이 놀러와 안부를 챙기는 글도 남길 수 있다. 시골에 내려가 나무를 가꾸며 아이들에게 컴퓨터를 가르치는 게 꿈이라는 할아버지는 블로그 첫 화면에 무화과나무 한 그루를 심어 놓고 대견한 듯 바라본다. 젊은이들 틈에서 힘겹게 살아나 고지에 깃발을 꽂은 것이다. 노력의 열매다.

포토샵을 이수한 것에 만족하지 않고 한 단계 높은 '웹디자인반'

에 등록한 용감한 할아버지 모습이 '늦은 나이에 뭘 배우겠다고 이렇게 바삐 쫓아다니느냐.' 하는 내 안의 물음에 답이 되었다. 나는 이제 겨우 지천명의 나이를 넘겼을 뿐이라는 해답이다. 배움을 통해 나를 만들어 가는 즐거움은 계속될 것이다.

판소리

평촌아트홀에서 안숙선 명창의 판소리 공연이 있었다.

'우리 소리'라고 하면 영화 서편제에 삽입된 판소리나 김영임 국악 소리가의 회심곡에 나오는 소리 정도가 머리에 스칠 뿐이다. 연극, 뮤지컬, 대중 가수의 콘서트는 접할 기회가 많은데 판소리 공연은 자주 접하는 공연이 아니라 호기심이 컸다.

판소리는 서양의 연극처럼 청중이 있어야 완성된다는데, 청중 역할도 하고 호기심도 충족시킬 겸 공연을 보러 가기로 했다. 그러나 친구들이 하나같이 '웬 판소리냐.'며 뚱딴지 취급이다. 연극을 보러 가자고 하면 모를까 판소리는 관심이 없다고 일언지하에 잘라 말했다.

남편과 아이들에게도 손을 내밀어 보았지만, 약속이라도 한 듯 손을 뿌리쳤다. 같이 갈 친구가 없다고 공연 볼 생각을 접고 싶지는 않았다.

혼자 씩씩하게 공연장을 찾았다. 공연장에는 젊은이들은 거의 없고 연로하신 어르신들이 대부분이었다. 다들 일행이 있는데 혼자라는 것이 머쓱하긴 했지만 태연하게 자리에 앉았다.

서양은 오페라나 가곡 등을 서민용과 귀족용으로 구분하지 않는데, 유독 우리나라는 양반들이 주로 부르던 가사와 시조를 노래라고 하고, 그와 구분하려고 판소리는 '소리'라고 했다. 지배계급인 양반의 노래와 구별시킨 것인데 이는 세계에서 유례가 없는 일이라고 한다. 그럼에도 판소리는 한국적인 전통음악으로 그 진가를 인정받아 2003년 유네스코의 세계무형문화유산으로 등재되었다.

창자는 소리판에서 소리를 이끌어 가는 주체 소리꾼이고, 너름새는 창자가 창을 하는 도중에 행하는 춤이나 몸짓을 가리킨다. 고수는 소리판에서 북 장단을 치는 사람인데 반주와 추임새를 넣는다. 아니리는 판소리에서 창을 하며 사이사이에 극적인 줄거리를 엮어나가는 사설로, 판소리는 창과 아니리의 반복으로 진행된다고 해도 과언이 아니다.

객석의 불이 꺼지고 무대가 조명으로 환해졌다. 무대 한가운데에 풍경화가 담긴 여덟 폭 병풍이 둘러쳐 있다. 이것이 무대 장치의 전부이다. 안숙선 명창의 진행으로 공연이 시작되었다. 안옥선 가야금 명인이 가야금을 앞에 두고 앉고, 한복을 정갈하게 입은 안숙선 명창이 부채를 손에 쥐고 들어와 북을 마주하고 앉았다. 두 사람의 가야금 산조와 안숙선 명창을 포함한 세 사람의 가야금 병창, 그리고 남성적 악기라는 거문고와 대금의 병주가 이어졌다. 박수를 보내는데 안숙선 명창이 연주 중에 제자의 거문고 줄이 끊어졌음을 지적했다.

"연주는 매끄럽지 않았지만, 줄이 끊어졌다고 중도에 일어서지 않고 끝까지 연주하는 걸 보니 싹수가 있네요."

거문고 연주에 문외한이라 줄이 끊긴 것도 모르고 아낌없는 찬사를 보냈는데 웃음이 새나온다.

판소리 '심청가' 중, 심 봉사가 눈을 뜨는 대목에서는 갓을 쓴 고수가 자리에 앉아 추임새를 넣으며 흥을 돋우고 안숙선 명창이 소리를 했다.

"심 봉사 눈을 뜨니, 잔치에 온 봉사들도 개평으로 눈을 뜨는디……."

"얼쑤!"

구수한 소리의 맛이 느껴진다.

창극 '뺑파전' 에서는 뺑덕어멈이 우스꽝스러운 분장을 하고 나와 패러디한 대사를 읊는다.

"평촌 자유공원 앞에 눈이 오는디, 지금도 생각난다. 자꾸만 생각난다. 황사마가 생각이 난다."

객석에서 어르신들의 웃음소리가 그치지 않는다. 안숙선 명창이 관객을 향해 판소리를 가르쳐 주겠단다.

"춘향전의 쑥대머리 한 부분을 배워 보겠습니다."

'쑥대머리' 는 옥중 춘향의 머리 모습이 쑥이 한 길이나 자라 무성한 잎사귀처럼 산발한 것을 표현한 말이라고 했다.

"'쑥대머리 구신형용, 적막옥방 찬 자리에 생각난 것이 임뿐이라. 보고지고 보고지고. 한양 낭군 보고지고.' 이렇게 빠르지도 느리지도 않은 중모리로 열두 마디입니다. 자, 그럼 한마디씩 따라 해 보세요."

안숙선 명창이 선창을 한마디 하면 관객들이 받아서 한마디씩 따라 불렀다. 소리에 취해 혼자라는 것도 잊고, 쑥대머리 한마디를 놓치지 않고 따라 불렀다. 한마디씩 배운 뒤, 관객들만 처음부터 끝까지 소리를 해 보았다. 생각보다 어렵지 않은 듯, 얼추 흉내를 내며 이어 불렀다. 뒤에 앉은 외국인 남자도 어설픈 발음으로 소리를 하며 연신 즐거워 웃는다. 무대와 객석이 하나 되어 소리를 하는 동안 자신도 모르게 어깨가 들썩여진다. 판소리가 흥을 부른다.

"애절하게 잘하시네요. 참 잘하셨습니다."

안숙선 명창이 객석을 향해 칭찬하며 박수를 보내 줬다. 마지막으로 출연진들이 모두 나와 '진도아리랑'을 합창하는 것으로 아쉬운 공연이 끝났다. 박수 소리가 공연장에 가득하다. 공연장을 나서는데 흥이 채 가시지 않아 입에서 판소리 한 대목이 맴돈다.

"쑥대머리 구신 형용, 얼쑤!"

판소리 공연은 젊은 가수들의 현란한 공연과는 다르게 차분하면서도 흥이 넘친다. 소리꾼들의 온화한 표정과 넉넉한 미소, 예의 바른 정갈한 몸가짐이 있다. 안숙선 명창의 소리는 젊은이들에게는 볼 수 없는, 세월을 겪으며 우러나오는 익은 맛을 보여 주어 아름답다.

판소리가 유네스코의 세계무형문화유산으로 등재된 이유를 알게 한 귀한 시간으로 혼자서라도 나서길 참 잘했다는 생각이 들었다.

깊이 있고 멋스러운 우리의 판소리에 자긍심을 느끼면서 한편으로 우리의 귀한 소리가 점점 잊히는 것은 아닌지 염려가 된다. 우리의 소리를 대중들에게 알리고 잘 보존해 후손에게 전하는 일이 숙제로 남는다.

다이어트 수업

지역 소식지를 들춰 보다가 금연교실, 고혈압교실, 당뇨교실, 비만교실 등 동네 보건소에서 무료 건강교실을 운영한다는 기사를 보고 관심이 가는 비만교실에 신청했다. 첫애 갖고 불은 몸을 아이 낳고 관리했어야 했는데 둘째 낳고 관리해야지 하고 뒤로 미룬 것이 해마다 몸무게가 늘었다. 걷기 운동에 수영까지 하며 애써 봤지만 식이요법에 문제가 있었는지 큰 효과를 볼 수 없었다. 비만교실에서 교육 받는다는 것이 좀 민망했지만 용기를 내 보건소의 도움을 받기로 했다.

2005년 10월 00일 숨은 1인치

보건소에서 하는 다이어트 수업에 앞서 처음 만남의 서먹함을 풀기 위해 친목도모 등산을 했다. 등산복 차림으로 관악산 만남의 장소에 먼저 가 계신 퉁퉁한 아주머니들과 이제 막 올라가는 사람들

중에 유난히 헉헉거리는 아주머니들 역시 묻지 않아도 우리 일행이 틀림없다.

먼저 도착한 사람들이 도착 지점을 알리는 '보건소!' 를 외친다. 남들 이목도 있는데 보건소에서 '비만교실' 이라고 적힌 팻말을 들고 나와 우리를 기다리면 어쩌나? 확성기에 대고 '비만교실 모이세요.' 라고 하면 어쩌나 걱정이 됐는데 '보건소' 만을 외쳐서 안심이다.

애초에 정상까지 오를 계획은 아니었다. 무릎 관절이 좋지 않은 분이 계셔서 관악산 초입에서 같은 조끼리 점심을 나누어 먹고 체중감량 실패담을 서로 나누며 각오를 다졌다. 살찐 사람들 얼굴이 대체로 둥글다. 서로 닮은 듯 둥근 얼굴을 마주 하고 이야기를 나누는데 내가 나를 보고 이야기하는 것처럼 편안하다. 퉁퉁한 분들이 마음이 좋으시다더니 다들 성격이 좋아 보인다.

하산 길에 근처 밭에서 기른 배추, 늙은 호박, 무청을 펼쳐 놓고 손님을 기다리는 할머니를 만났다. 무청을 가리키며 멸치 넣고 된장 무쳐 지져 먹으면 맛있다는 할머니의 속삭임에 한 보따리에 4천 원 하는 싱싱한 무청을 우리 조원 넷이 천 원어치씩 나누어 사들고 내려왔다.

'비만교실' 모임에 다녀왔다는 말이 무색하게 집에 오자마자 무청을 끓는 물에 데쳐 할머니 요리법대로 멸치 깔고 된장, 참기름 등 갖은 양념 넣어 조물조물 무친 후, 보글보글 지져 밥 위에 척 걸쳐 먹는데 밥도둑이 따로 없다. 아는 것이 많아 먹고 싶은 것이 많고 입맛 또한 좋으니 다이어트의 길이 험난하다.

2005년 11월 00일 지방 태우기

비만교실에서 다이어트를 하는데 필요한 칼로리 강의가 있었고 뒤이어 운동 수업을 받게 됐다. 학창 시절 체조 선수였다는 선생님은 나이가 들어도 여전히 군더더기 없는 날씬한 몸매를 하고 있어 우리의 부러움을 샀다. 여러 가지 운동 중에 춤이 다이어트에 도움이 많이 된다고 한다. 아무 생각 않고 걷는 것보다 머리로 동작을 익히고 생각하며 춤추는 것이 에너지 소모가 많다고 한다. 우리 모임에 연세 드신 분이 몇 분 계신다. 무리하지 않는 선에서 할 수 있는 춤동작을 알려 줘 귀에 익은 음악에 맞춰 춤을 추니 신이 난다.

왼쪽 무릎에 오른쪽 팔꿈치를, 오른쪽 무릎에 왼쪽 팔꿈치를 찍고 스텝을 좌우로 밟으며 팔을 올리고 내리고 하는 간단한 몸동작이지만 자꾸 순서를 틀리고 동작을 놓친다. 선생님은 근 1시간 동안 음악을 바꿔 가며 쉬지 않고 춤을 추게 했다. 운동 수업이 끝나고 마주한 짝의 모습에 한참 웃었다. 땀에 젖은 머리카락이 사극에 나오는 망나니를 연상케 했다. 다들 힘이 들어 숨소리가 거칠다. 그래도 즐거운 표정이다. 이렇게 내 안의 에너지를 바닥까지 다 써 보기도 오랜만이다. 오랜 시간 쌓아 놓은 지방 태우는 일이 만만치가 않다.

2005년 11월 00일 희망이 보인다

비만교실에서는 하루 세 끼 시간 맞춰 빵보다는 '밥'을 먹으며 하는 다이어트를 권했다. 체중을 줄이는 것보다 복부 지방을 줄이는 것에 더 중점을 두라는 말과 갑자기 많은 살을 빼는 것보다 1개월에 2kg 정도 빼는 것이 건강에 좋다고 했다.

2개월이 지났다. 좋아하던 음식의 유혹을 뿌리치고 운동을 열심히 한 결과 처음 만났을 때 붓기 있어 보이던 얼굴에 턱 선이 살아나고 예뻐졌다는 얘기를 듣는다. 더 이상 내려갈 것 같지 않던 저울 눈금이 움직이기 시작했다. 4kg이 빠졌다. 소원하던 50kg대에 진입이 눈앞에 보이는 듯하다.

동료 회원들도 여기저기서 몸무게가 많이 빠졌다는 들뜬 목소리가 들려온다. 바지가 헐렁하다며 일어서서 보여 주는 어르신도 계시고 나쁜 콜레스테롤 수치가 300이 넘었는데 운동과 식이요법으로 두 달 새에 90으로 떨어졌다는 분도 계셔서 회원들 모두 내 일 같이 기뻐하며 박수를 보내 드렸다. 체중 감량과 건강까지 두 마리 토끼를 다 잡은 것에 흡족해하는 표정이다.

모든 성인병의 원인은 비만에서 온다고 한다. 지금도 가끔은 밤참 유혹에 갈등도 하지만 비만교실에서 처방해 준 칼로리를 상기하면서 잘 견디고 있다. 평소 잘 알고 있었지만 실천하지 못했던 소식(小食)과 운동만이 건강에 이르는 길이라는 깨달음을 얻었다.

'나는 보건소 복부비만관리 프로그램의 참여를 통해 올바른 생활 습관을 알고, 건강하고 자신감 있는 모습을 되찾기 위해 나의 명예와 의지력을 걸고 체지방 및 복부 지방을 감량할 것을 나 자신과 친구, 가족들에게 서약합니다.'

비만관리 서약서에 사인을 하고 발걸음도 가볍게 보건소를 나섰다.

'녹천에는 똥이 많다'를 읽고

'녹천에는 똥이 많다'는 소설가 이창동의 중편소설이다. 소설가 이창동은 배우 전도연이 칸영화제에서 여우주연상을 받게 된 '밀양'의 영화감독으로도 유명하다. 무엇 하나 내세울 것 없는 일상적인 삶을 소시민의 시각을 통해 보여 주는 글이다. 한 번 읽고 책꽂이에 꽂아 두었다 다시 꺼내 읽어도 좋을 책이다. 이 책에는 5편의 글이 있는데 '운명에 관하여'가 오래도록 마음에 남는다.

주인공 홍남은 전쟁 통에 부모를 잃고 어린 시절을 고아원에서 고단한 삶을 살았다. 홍남은 자라오면서 겪어 온 모든 일들을 생각해 보면 뒤로 넘어져도 코가 깨지는 퍽이나 팔자가 센 사람이라는 생각을 떨칠 수가 없다.

초등학교 학예회에서 흉악한 두꺼비 역을 맡은 홍남과 공주 역을 맡은 선주 딸과의 입맞춤으로 마술이 풀려 왕자의 모습을 되찾게 되는 순간 정전이 되어 버린 일, 임신 5개월 된 아내가 유산해 버린 일. 같은 지하 셋방이라도 꼭 그가 살고 있는 방만 연탄가스가 샌다거나, 물건을 사도 불량품만 사게 된다거나, 아침저녁 출퇴근 버스도 꼭 그가 버스 정류장에 도착하면 눈앞에서 차가 떠나 버리는 결정적인 순간에 틀어져 버리는 일들을 떠올려 본다.

한참 '이산가족찾기' 방송을 하던 어느 날, 고아원 친구 성만은 자기가 모시는 주인 양반이 꽤 부자인데 5살 때 잃어버린 아들 김광일 발에 흉터가 있다며, 홍남의 발에 흉터가 있다는 점을 들어 가짜 아들 흉내를 내어 팔자를 고쳐 보자며 몹시 흥분했다. 홍남은 자신에게는 결코 행운이 오지 않을 거라는 거부감이 있었지만, 결국 '김광일'이라는 가짜 이름으로 성만이 시킨 연극을 하게 됐다.

노인은 안경 너머로 의심을 품은 채 김광일이 맞느냐고 재차 물어보았고, 그와 시선이 마주친 홍남은 마음이 약해져 김광일이 아니고 '홍남'이라고 털어 놓았다. 아들이 어릴 때 집에서 부르던 이름이 홍남이었다. 그 소리에 입을 쩍 벌리고 있던 영감은 홍남의 엉덩이 흉터를 보더니 부들부들 몸을 떨었다. 노인은 생각 좀 해 봐야겠다며 일이 잘못 틀어질지도 모르니 이 이야기는 누구한테라도 입을 열지 말고 내일 다시 와 줄 것을 당부했다. 혹시, 내일 해가 뜨지 않는 게 아닌가 하는 불안함에 통 잠을 이룰 수 없던 홍남은 아니나 다를까 새벽에 성만으로부터 노인이 간밤에 심장마비로 세상을 떠났다는 전화를 받게 됐다. 그대로 포기하기에는 너무도 억울해 하소연도 해 봤지만 사람들의 반응은 냉담했다. 불은 꺼지고 연극은 끝났다.

시간이 지나면서 심한 우울증으로 기도원 생활을 하게 됐다. 어느 날 마누라가 면회를 왔다. 마누라가 차고 있는 손목시계가 무척 낯이 익다 했더니 아버지를 처음 만나던 날 영감이 보여 준 그 시계였다. 고아원 친구 성만이 그 집을 나오며 팔아먹으려고 슬쩍 집어 온 것인데 값싼 고물시계라며 중동 사우디로 나가기 전에 주고 갔다는 것이었다. 그 시계는 아버지가 흥남에게 남긴 유일한 유산이었다. 참으로 이상한 것은 시계를 받아 든 순간 마음을 끓게 만들었던 마음의 병을 차츰 잊어버릴 수 있었다. 통일이 되면 아버지 고향인 흥남에 가서 시계를 풀어놓고 아버지를 대신해 절을 하고 싶다.

이 글을 읽다 보니 가슴에서 뜨거운 것이 올라온다. 흥남은 아버지 시계가 마지막에 흥남의 손에 들어온 것이 운명이라 말하지만, '운명'을 인정하고 싶지 않다. 얼마 살지 않은 삶 중에서 이상하게 꼬이는 듯한 경우를 가끔 겪게 되는데 손금에 나타난 정해진 운명대로 살아갈 수밖에 없다면 너무 억울한 일이다. 하루하루 살아가는 의미도 의욕도 없이 대충 살아가게 될 것이다. 혹, 운명이라는 것이 있다 할지라도 인간의 노력으로 긍정적인 생각으로 얼마든지 바꿀 수 있다. 내 사주팔자보다 더 나은 삶을 향해 가다 보면 내가 만들어 가는 대로 내 '운명'이 정해진다.

이미 정해진 '운명'은 없다.

도서관에서

    가끔 생기가 없고 기분이 가라앉을 때가 있다. 이럴 때면 사람이 붐비는 재래시장을 돌아보기도 하고 소리 없는 요동이 느껴지는 도서실에서 정신적 에너지를 충전하기도 한다.

    날씨가 등 돌린 여자처럼 차디찬 새벽, 동네 도서관에 자리를 맡으러 갔다. 아침에 여유를 부리다 보면 빈자리가 없어 좀 일찍 서둘렀다. 남편과 아이들이 저녁 약속이 있어 늦을 거라는 말에 볼 책도 있고 해서 무료한 하루를 도서관에서 보낼 생각이었다.

    입실 시간보다 일찍 도착한 사람들이 매서운 날씨에 가방만 현관 밖까지 길게 줄을 세우고 다들 현관 안에서 종종거리며 좌석표 나눠 줄 시간만 기다리고 있다. 줄 서 있는 가방 끝에 내 가방도 같이 줄을 세우고 안으로 들어서는데 줄 선 가방들이 길을 막아선다. 별수 없이 가방을 훌쩍 넘어 안으로 들어갔다.

    잠시 후, 빗자루와 쓰레받기를 양손에 든 청소 아줌마가 다가왔다.

밖으로 나가려던 아줌마는 입구를 가로막은 가방을 보고 잠시 멈칫했다. 얼른 손가락으로 포물선을 그리며 말했다.

"그냥 넘어가세요."

아줌마가 망설이며 대답했다.

"어떻게 공부하는 학생들 가방을……."

누군가 다가와 가방과 가방 사이로 길을 터 주었고, 아줌마는 좁은 틈으로 발을 옮겨 밖으로 나갔다.

잊고 있었던 일이다. 어릴 적 우리 어머니들은 아이 머리 위로 물건을 건네지 않았다. 키가 무럭무럭 잘 자라길 바라는 마음도 있었지만 장차 큰 그릇으로 커 나갈 새싹이기 때문이다. 도서실에서 공부하는 사람들 역시 큰 역할을 맡기 위해 준비하는 사람들이다. 중요한 길목에 서 있는 사람들인 만큼 그들이 뜻을 품고 공부하는 책가방을 훌쩍 넘어서지 않으려는 아줌마의 조심스런 모습에서 내 행동이 경솔했다는 생각이 들었다.

도서실에 수능시험, 임용고시, 공무원 시험, 공인중개사 시험 등 미래를 준비하는 사람들이 모여 있다. 잘 다니던 회사에서 해직당하고 이직을 준비하는 마음 아픈 사연도 있다. 경기가 좋지 않은 현실을 말해 주듯 도서실이 만원이다.

형광등 불빛 아래 200여 명도 넘는 사람들이 모여 있지만 말소리도 움직임도 없다. 사회에서 필요로 하는 사람이 되기 위해 지식 쌓기에 열중이다. 최선을 다하면 뭔가 좋은 결실을 얻겠지.

저녁 7시경, 심신이 지칠 시간이다. 갑자기 도서실 문이 열리고 서너 살 정도의 여자아이가 소리를 지르며 뛰어들었다.

"아빠! 아빠! 아빠!"

200여 명이 넘는 사람들이 한 몸이라도 된 듯 일제히 소리 나는 문 쪽으로 고개를 돌렸다. '뉘 집 꼬마가 아빠를 부르나.' 우리와 함께 문 쪽으로 고개를 돌리던 한 아저씨와 꼬마의 눈이 마주쳤다. 꼬마는 아저씨를 향해 달려들었고 아저씨는 황급히 보던 책을 덮고 아이를 번쩍 안아 올렸다. 아저씨가 속삭이듯 말했다.

"쉿! 여기서는 크게 말하면 안 돼요."

꼬마는 아랑곳하지 않고 연신 '아빠!' 를 불렀다. 무대의 주인공이 된 아저씨는 꼬마의 입을 가리며 도서실 밖으로 퇴장했다. 도서실과 어울리지 않는 큰 웃음소리가 여기저기서 터져 나왔다. 꼬마 덕분에 쉬는 시간이 마련되었다. 하루 종일 고여 있던 공기가 꼬마의 방문으로 박하향이 휘돌아 나간 것처럼 상쾌했다.

잠시 후, 저녁을 먹기 위해 내려간 매점에서 꼬마네 가족을 만났다. 아저씨가 젊다. 명예퇴직을 하기에는 이른 나이다. 회사의 구조조정으로 밀려났을지도 모른다. 사업 실패로 새로운 일에 도전하느라 늦은 공부를 시작한 것일 수도 있다.

꼬마는 아빠, 엄마와 식탁에 마주 앉아 2,500원짜리 매점 돈가스로 저녁을 먹고 있다. 큰 포크에 돈가스 한 점 찍어 들고 방긋 웃는다. '아빠, 힘내세요.' 라고 응원하는 것 같다. 공부하는 아빠에게 꼬마의 웃음이 힘이 된다. 어느새 아빠, 엄마의 표정이 꼬마의 환한 웃음으로 물이 든다.

도서실의 모든 사람들이 소중한 인력으로 쓰이길 바라는 청소아줌마와 같은 마음으로 꼬마네 가족에게 차고 넘치는 박수를 보태 주었다. 그들에게 곧 반가운 봄소식이 날아들 것이다.

도서실 나무 책상에는 명언이 많이 적혀 있다. 누군가가 자신에게 힘을 주고 싶어 적어 놓은 글이 그 자리를 거쳐 가는 무수히 많은 사람들에게 힘을 준다.

'개같이 공부해서 정승같이 놀자.' 라고 적힌 낙서에 웃음 지으며, 고단함 속에서 꿈을 꾸는 그들의 심정을 헤아려 본다.

밤 11시, 벨이 울린다. 도서관 문 닫을 시간이다. '오늘 걷지 않으면 내일 뛰어야 한다.' 는 도서실 책상 명언 하나 얻어 주섬주섬 책과 펜을 챙겨 도서관을 나선다. 뛰는 일은 영 자신이 없다. 그래서 나는 오늘을 걷는다.

옷깃을 여미게 하는 찬 공기가 시원하게 느껴진다. 가득 충전된 따뜻한 건전지처럼 마음이 넉넉해지고 훈훈하다. 하루 종일 배부르게 읽은 책과 내일을 향해 불을 지피는 사람들을 만난 덕분이다. 성큼성큼 걸음을 내딛으며 밤하늘을 올려다본다. 달과 별이 도서관을 나서는 사람들의 앞길을 환하게 비춰 준다.

주부모니터

1995년 한국소비자원 안전모니터와 식품의약품안전청 명예식품 위생감시원을 시작으로 TV 홈쇼핑 모니터, 식품회사 주부모니터 등 모니터 요원으로 활동한 지 20년이 되어 간다.

처음 한국소비자원 모니터를 시작했을 무렵에는 인터넷 사용이 활발했던 때가 아니어서 주변에서 일어난 안전사고를 수집하고 보고서를 작성해 우편으로 보냈었다. 점차 인터넷 사용이 활발해지면서 인터넷을 이용해 업무 지시를 받고 보고서를 전달하게 되어 모니터 활동이 쉽고 빨라졌다.

요즘은 기업과 기관마다 인터넷에 사이트를 열어 놓아 온 국민이 모니터 요원이라고 할 수 있을 정도로 누구나 의견 제시를 쉽게 할 수 있는 시대에 살고 있다.

기업이나 기관에선 고객평가단, 패널, 모니터 등 이름을 달리한 모니터 제도를 두고 있다. 주부모니터는 일하는 시간을 자유롭게 정할 수 있고 활동 시간이 짧아 아이들을 키우면서 할 수 있는 일이어서 인기가 많다.

대체로 연말과 연초에 20명에서 100명 정도의 모니터를 뽑는다. 식품회사 주부모니터는 2월경에 뽑는데 경쟁이 치열하다. 자기소개서와 제품 평가서를 작성해 서류심사에 통과하면 면접과 미각 테스트를 한다. 여기에 덧붙여 후각 테스트를 하는 회사도 있다.

A식품회사에 원서를 넣고 합격 소식을 기다리고 있는데 1차 서류심사 통과 사실과 2차 맛 테스트를 받으러 오라는 안내 메일을 받았다.

맛 테스트 받으러 온 주부들이 직원의 안내로 맛 테스트 방에 모였다. 독서실처럼 칸막이가 되어 있는 책상에 6명씩 나누어 앉았다. 작은 종이컵에 말간 물이 담겨 있고 설문지에 '쓴맛, 단맛, 짠맛, 신맛, 아무 맛도 없다.' 라는 문항이 적혀 있다.

맛을 보고 맞는 맛에 동그라미를 그려야 한다. 주방에서 아침저녁으로 보는 게 맛인데 그리 어려울 것 같지 않았다. 그런데 우리가 생각하는 그 뚜렷한 맛이 아니었다. 짠맛의 경우, 물에 소금을 아주 조금 넣어 무슨 맛인지 알 수 없는 옅은 맛으로 아리송한 맛이다. 맛을 한번 보면 생수로 입을 헹구고 다시 맛을 보게 되는데 미각이라는 것이 자꾸 맛을 보게 되면 둔해지기 마련이라 단번에 맛을 평가하는 것이 좋다.

다음 평가는 오렌지 주스다. 4개의 종이컵에 오렌지 주스가 담겨 있다. 오렌지 주스를 강한 맛부터 순한 맛으로 순서를 나열하라고 했다. 역시 각각의 맛 차이가 뚜렷하지 않아 쉽지 않았다.

며칠 후 들린 합격 소식에 놀라며 신제품 개발의 작은 일원으로 활동할 수 있어 반가웠다. 활동 사항을 외부로 누출시키지 않겠다는 서약서에 사인을 하는데 약간의 떨림이 있었다.

신제품으로 출시하기 위해 연구진들이 개발한 음식을 주부모니터들이 시식 후 평가하게 되는데 이때 싫고 좋음이 명확해야 한다. 좋지 않은데 대충 좋다고 평가해서 제품을 생산하는 라인을 만들게 되고 결과가 실패로 돌아오면 회사가 큰 손실을 입게 된다. 그래서 그들은 빈말이 아닌 솔직하고 정확한 비평을 원한다.

매장에 출시될 신제품 모니터링을 할 때가 있는데 이때는 신제품을 무료로 제공해 준다. 제품이 시장에 선보이기 전, 다른 사람보다 먼저 제품을 만나 볼 수 있는 매력이 있다. 제품을 집에서 시식해 보고 제품 포장지의 디자인이나 문구, 제품의 모양, 맛 등 전반적인 것에 대한 평가서를 작성하게 된다.

어릴 때부터 누가 시켜서가 아닌 자발적으로 모니터 역할을 하며 자랐다. 청소년 잡지를 구독할 때도 책 뒤에 붙은 엽서에 책 읽은 소감을 적어 보내는 일을 한번도 빼놓지 않았다. 틀린 글자나 앞으로 실었으면 하는 제안도 담아 보냈다. 소형 카세트를 샀을 때도 한 달 정도 사용해 보고 사용설명서에 붙은 엽서에 제품의 장단점을 적어 보냈다. 특히 장점보다 단점이 발견되면 마음이 급하다. 한시라도 빨리 제품을 만든 회사에 단점을 알려야 한다는 생각에 엽서를 새까맣게 글로 채워 그 길로 우체통까지 달려가 엽서를 부치고서야 마음이 놓였다. 별것 아닌 작은 단점 하나로 고객에게 외면당하면 어쩌나 하는 안타까운 마음이 들어서다.

지금은 장단점에 대해 전화를 하거나 인터넷 사이트에 올리면 바로 메일이나 전화로 답을 해 주지만, 예전에는 엽서를 보내도 받았는지 받지 않았는지 돌아오는 메아리가 전혀 없었다. 받았으려니, 신제품 개발에 도움이 되었으려니 하고 열심히 엽서를 보냈다.

이 모두가 '피드백' 이다. 어떠한 행위를 마친 뒤 그 결과의 반응을 모아 행동을 변화시키는 일, 주부모니터가 하는 일이다. 주부모니터들이 내놓은 의견을 제품에 반영해 신제품으로 출시하는데, 우리가 참여했던 식품이 마트에 신제품으로 진열된 것을 보면 보람이 크다.

주부들의 목소리에 귀를 기울인 회사 제품에 믿음이 간다. 믿음 가는 식품회사에 오랜 단골이 되기 위해서 오늘도 목소리를 높인다.

부업

  벌써 22년 전의 일이다. 밤낮으로 집에서 씨름하던 두 애들이 초등
학교와 유치원에 입학했다. 아이들이 선물로 준 오전의 빈 시간을
그냥 흘려보내기가 아까워 컴퓨터를 배우기로 했다. 컴퓨터 책을 사
서 들춰 보았지만 혼자 독학하기에는 어려움이 커서 집 가까이에 있
는 사회복지관 컴퓨터 기초반에 등록했다.

  젊은 여선생님은 어린아이에게 가르쳐 주듯 어려운 용어를 쉽게
풀이해 주며 수업을 하셨지만, 공부에 손 놓은 지 오래인 주부 학생
들은 버거운 듯 컴퓨터 모니터를 들여다보며 한숨을 들이쉬고 내쉬
었다. 인쇄 하나를 하려면 일일이 영문 대문자로 'P·R·I·N·T'
라고 명령어를 적고 인쇄할 위치를 숫자로 지정해 줘야 인쇄가 되
었다. 컴퓨터와의 약속인 영문 언어를 숙지하고 있어야 한다. 적어
야 할 위치가 바뀌거나 스펠링 하나라도 놓치면 컴퓨터는 아무것도
해 주지 않았다. 컴퓨터 용어나 방식이 쉽게 이해되지 않았지만, 열

심히 디스켓 챙겨들고 결석 한 번 없이 컴퓨터 교실을 지킨 덕분에 3 개월의 시간을 보내고 나니 간단하게 디스켓에 입력시키는 정도는 할 수 있게 되었다. 컴퓨터가 무엇인지 조금이나마 알게 되니 작은 자신감이 생겼다.

안방구석에서 할 일이 없어 졸고 있는 286컴퓨터를 보며 저 녀석 을 써먹어야 할 텐데 궁리하던 중에 큰형님이 영등포에 있는 용역회 사에서 5일 정도 교육 받으면 부업거리를 준다는 정보를 줬다. 그곳 에 찾아갔더니 컴퓨터를 켜고 끌 줄 아는 주부가 흔치 않았을 때여 서 용역회사 직원이 버선발로 반갑게 맞아 주었다.

5일간의 교육 내용은 컴퓨터 본체에 디스켓을 꽂고 16절지 크기로 두껍게 묶인 '병원의료비내역서'의 병원비 숫자를 컴퓨터 자판을 이용해 입력하는 단순한 일이었다. 1장을 입력한 수당이 11원. 초보 이기 때문에 100매를 입력하는데 1시간이나 걸렸다. 단순 작업이어 서 수당이 많지 않지만 집에서 아이를 돌보며 할 수 있는 일이라서 좋았고 인형 눈 달기나 전자제품 부품 조립처럼 집안에 일거리를 늘 어놓지 않아도 되는 깔끔한 일이어서 더 좋았다.

입력을 시작한 첫날, 400매를 입력했는데 만만한 일이 아니었다. 아직 익숙하지 않아 열 일 제치고 자판을 두드렸는데 꼬박 하루를 다 보냈다. 얇은 디스켓 한 장에 병원의료비내역서 400매 내용이 모 두 저장되었다고 생각하니 뿌듯했다. 의미 있게 보낸 하루가 대견했 다. 커피 한 잔 마시며 입력한 파일을 열어 보았다. 그런데 놀랍게도 디스켓 안에는 아무 내용도 저장되어 있지 않았다. 어떤 연유에서인 지 하루 종일 입력한 것이 모두 날아가 버렸다. 내일 날이 밝으면 용역회사 직원이 입력한 디스켓을 수거하러 올 텐데 약속을 지키려면 밤새워서라도 다시 입력해야 했다. 자꾸 주저앉는 눈꺼풀에 힘을 줘 가며 400매를 입력하다 보니 어느새 아침 해가 밝았다.

옆에서 코까지 곯아 가며 자던 애 아빠는 어제 입력한 것이 저장되지 않아 밤새 입력을 다시 했다는 말에 답답한 내 심정은 아랑곳하지 않고, "4천 원 벌겠다고 24시간 컴퓨터를 켜 놓으면 전기 요금이 더 나오겠네."라고 하며 그러지 않아도 아픈 속을 후벼 놓았다.

남편의 아침상을 차려 주고는 '정신 똑바로 차리고 입력을 했으니 제대로 잘 들어갔겠지.' 하며 디스켓을 열어 보았다. 또 빈 디스켓이었다.

"왜? 왜? 왜?"

숨이 막히는 듯했다. 돈을 벌고 못 벌고는 문제가 아니었다. 식사를 마치고 막 출근하려는 애 아빠를 붙들고 울 것 같은 말투로 부탁했다.

"찾아봐. 어디에 저장됐는지. 내가 밤새 일한 거 당신도 알지? 그럴 리가 없잖아. 내가 한 번도 아니고 두 차례나 입력했는데……."

애 아빠는 이미 날아간 것은 찾을 수 없다는 말만 남기고 출근했다. 컴퓨터에 대한 화를 참을 수 없었다. 분하고 억울해 자꾸 눈물이 났다. 똑똑한 녀석이라고 믿고 있었는데 고지식하고 융통성이래야 찾아볼 수 없는 답답한 녀석이었다. 모니터에 영문으로 뜬 '저장하시겠습니까?'라는 물음에 'Y'와 'N' 중에 'N'을 선택했었나? 절대 그럴 리가 없는데, 어떻게 이런 일이 두 번이나 생길 수 있는지 맥이 빠졌다.

용역회사 직원이 일한 CD를 받으러 왔다가 하소연을 듣더니 컴퓨
터를 점검해 줬다. 286컴퓨터에 맞지 않는 프로그램을 깔아 충돌이
일어난 것이라며 내 잘못이 아니란다. 용역회사 직원이 새 프로그램
을 깔아 주고는 죄송하다는 말을 남기고 갔다. 잘 보고 제대로 프로
그램을 깔아 줬어야지. 그것도 모르고 밤새 속 썩은 걸 생각하니 약
이 오른다.

　똑같은 양식에 숫자만 다른 내용을 400매 이상 입력한다는 것이
인내력을 필요로 했지만, 시간이 지남에 따라 손이 저절로 빨라졌고
평소보다 두 배 이상의 속도를 낼 수 있었다. 컴퓨터로 부업을 하게
돼 얼마 되지 않지만 반찬값도 생기고, 무엇보다 두 딸의 컴퓨터 공
부를 직접 봐줄 수 있어 만족스럽다. 컴맹 탈출을 위한 노력이 내게
많은 것을 가져다 주었다.

벌초 문화

추석 명절이 가까워 오면 벌초 행렬로 고속도로가 막히고, 벌초하다 예초기에 다치고 말벌에 쏘여 병원에 입원한 사람들의 안타까운 뉴스를 보게 된다.

예초기를 사용하기 시작한 초창기에 '예초기를 돌리는 기계 소음에 돌아가신 조상님이 편히 쉴 수 있겠냐!' 며 편리만을 좇아 낫을 버리고 예초기 든 젊은 세대를 야단하는 어른들이 계셨다. 낫을 들고 벌초하던 시대에서 예초기 사용, 벌초대행, 납골당까지 우리의 벌초 문화가 많이 달라졌다.

갓 시집 왔을 때 시댁 고향인 경기도 화성에 증조할아버지, 증조할머니, 할아버지, 할머니, 아버님, 그리고 먼 친척 분의 봉분까지 여섯 자리가 있었다. 어머님이 고향에 계시는 어르신께 벌초를 맡겨 왔기에 직접 벌초는 하지 않고 추석에 성묘하는 것으로 조상님께 예를 올렸다.

그런데 1989년쯤에 어르신이 연세가 많아 힘이 부치고 동네에 젊은 사람이 없어 벌초가 어렵다고 연락하셨다. 남편이 3남 1녀 중 막내인데 3형제가 모두 해외 발령으로 외국에 계시고 우리 부부가 대표팀이 되어 대한민국을 지키고 있었던 터라 벌초할 사람이 없었다. 추석은 코앞으로 다가오는데 걱정이 이만저만 아니었다. 고민 끝에 어머님이 아파트 경비 아저씨한테 일손 좀 구해 달라고 했더니 담뱃값도 벌 겸 쉬는 날에 친구와 같이 벌초를 하겠단다. 그래서 낫 세 자루와 목장갑을 사고 점심 도시락과 아저씨가 특별히 부탁한 막걸리를 챙겨 두 애를 데리고 일찍 벌초하러 갔다.

지난 추석에 벌초했는데 그새 풀이 우거지고 길도 없어져 산소 찾기가 쉽지 않았다. 대략 위치를 가늠해 풀을 베어 가면서 길을 만들고 산소도 찾았다. 경비 아저씨는 낫질이 서툴러 풀을 제대로 베지 못하고 땀만 뻘뻘 흘렸다. 땀을 너무 흘려서 밥이 먹히질 않는다며 막걸리를 들이키고 다시 잡은 낫에 손가락을 베는 사고가 났다. 상처가 깊지 않아 지혈하고 가져간 구급약을 발라 드리고 쉬게 했다. 아저씨 친구 분이 낫질을 도맡아 풀을 벴는데 혼자서는 너무 벅찬 일이었다. 우리 부부가 앞장서서 벌초해야 하는데, 낫질 경험이 없다고 말려 베어 놓은 풀을 옆으로 옮기는 일만 거들었다. 그마저도 말벌 피하랴 데리고 간 두 애 살피랴 큰 도움이 되지 못했다. 이러다가는 며칠이 지나도 끝날 것 같지 않았다. 봉분은 손도 대지 못했는데 해가 기울어 일만 벌려 놓은 채 땀범벅이 되어 돌아왔다.

며칠 후, 남편이 신문을 보다 지면광고에 실린 예초기를 들고 벌초

하는 아가씨의 여유로운 표정에 솔깃해 당장 예초기를 사겠단다. 손잡이만 잡고 있으면 예초기가 로봇처럼 벌초를 다해 줄 테니 걱정 말라는 표정이었다. 앞뒤 재지 않고 성급하게 결정하는 것 같아 염려가 됐는데, 한 대만 있으면 벌초는 식은 죽 먹기라며 예초기를 사서 둘러메고 새벽같이 집을 나섰다. 큰 소리 치고 나간 남편이 일찌감치 초주검이 되어 들어왔다. 예초기를 땅에 바짝 댔다가 눈에 잔돌이 튀어 다칠 뻔했다고 한다. 바닥에 낮게 대도, 높게 쳐들어도 안 되고 힘 조절을 적당히 해서 풀 밑동 높이에 맞춰 기계를 돌려야 하는데 힘을 너무 주다 팔에 마비까지 왔단다. 뜨거운 햇살에 어지러워 쓰러질 지경이었다며 거실에 대자로 누워 꼼짝 못했다. 넓은 곳을 혼자 하다 왔으니 생병이 날만도 했다. 밤새 몸이 아프다고 끙끙 앓더니 결국 회사에 결근했고, 그다음 주부터 주말마다 가서 봉분 여섯 자리와 산소로 오르는 길까지 벌초를 마치고는 고개를 절레절레 흔들었다. 자손 된 도리를 다한다는 것이 멀고 험했다.

어머님이 해마다 벌초할 때가 되면 '산소 정리를 해야 하는데 일이 너무 커서……'라고 걱정하시더니 남편을 불러 조상님 산소를 화장하자고 했다. 지관 스님께 부탁해 아버님 산소는 풍수설에 따라 묏자리가 좋은 곳으로 옮겨 드리고 그 옆에 어머님 가묘를 만들라고 이르셨다. 남편은 어머님이 이르는 대로 절에 가서 스님을 만나고 고향에 내려가 도움 주실 어르신도 만나 차근차근 산소 이장 준비를 했다.

1999년 3월에 어머님, 시누이, 작은형님이 지켜보는 가운데 어머님이 다니는 절의 스님과 지관 스님이 오셔서 산소 화장을 진행했다. 고향 어르신이 모셔 온 동네 분들과 굴착기, 삽, 곡괭이로 땅을 파고 다지며 도와주셨다.

지관 스님이 흙이 좋고 볕이 잘 들고 앞이 탁 트인 곳이 자손이 잘되는 명당자리라며 깊은 곳에 아버님을 옮겨 드리고 옆에 어머님 자리를 가묘로 해서 합장 봉분을 만들었다. 그리고 몇 해 되지 않은 2002년 1월, 어머님은 당신이 마련한 아버님 옆자리에 묻히셨다. 어머님이 불교신자여서 77제를 지내드렸는데 49일 동안 일주일에 한 번 절에 가서 제사를 지냈다.

추석이 다가왔다. 낫을 들고 나설 수도 고향 어르신께 부탁할 수도 없어 벌초 대행하는 고향의 농협을 찾았다. 담당 직원이 소개한 어르신과 함께 시부모님 산소에 가서 위치를 알려 드렸더니 농협 청년부에서 날을 잡아 벌초하고 말끔해진 산소 사진을 찍어 휴대폰으로 보내 주었다.

그리고 몇 년 지나지 않아 시부모님을 모신 산소가 화성시 개발지역에 수용되어 이장해야 한다는 통보를 받았다. 산소를 마련할지 납골당을 알아봐야 할지 고민 중에 2008년에 개원한 화성시 추모공원을 찾았다. 추모공원에 모시려면 일정한 자격을 갖춰야 했지만, 다행히 화성시에서 개장된 유골은 봉안할 수 있다고 해서 2009년 6월 3일 공기 좋고 너른 고향 땅에 시부모님을 모시게 됐다.

두 분이 계신 곳은 봉분을 만들지 않은 평평하게 매장한 평장 방식으로 어머님이 생전에 하셨던 벌초 걱정도 거두고 직접 벌초하지 못하는 자손들의 죄송스런 마음의 짐을 덜게 되었다.

고향에서 낳고 자란 자식들이 교육과 취업으로 도시로 나가고 세계가 하나 된 세상에 살면서 해외 근무로 거처를 옮기는 자손들도 생겨났다. 그러다 보니 명절이 되어도 가족이 다 모이는 일이 어렵고 가족 벌초는 생각지도 못한다. 그런데 제주도에서는 제주에 살고 있는 후손들은 물론 육지에 나가 살거나 외국에 살고 있는 후손들이 벌초를 위해 고향을 찾고, 벌초 방학이 있어 아이들까지 참여한다니 남다른 벌초 문화가 놀랍기만 하다.

한식을 맞아 형제들과 추모공원에 성묘하면서 잘 계신지 안부도 묻고 자손들의 소식을 전하며 소망을 기원했다. 우리 집안의 변화된 벌초 문화를 더듬어 보며 뿌리를 생각하는 시간을 가졌다.

바닥은 천장이다

저녁 8시에 임시 반상회가 열린다는 문구가 아파트 1층 게시판에 붙어 있다. 무슨 일인지 궁금해하며 같은 라인 주민들이 반장 댁에 모였다. 반장은 4층과 3층의 층간 소음 문제로 다툼이 있어 해결책을 얻고자 하는 4층 주민의 부탁으로 임시 반상회를 열게 되었다고 했다.

한 달 전, 4층이 이사를 가고 주인 없는 빈 집에 인테리어 하는 아저씨들이 드나들고 페인트 냄새와 쿵쿵! 쾅쾅! 공사하는 소리가 요란하더니 며칠 후 4살, 5살 사내아이 둘을 데리고 젊은 부부가 이사를 왔다. 꼬마네가 이사 오고 5개월쯤 됐을 때 갑자기 임시 반상회가 열린 것이다. 4층 아주머니는 말을 시작하자마자 감정이 격해지더니 눈물이 복받치는지 몇 차례 심호흡으로 진정한 뒤 말을 이었다. 얼마 전, 저녁 9시쯤 아래층에서 성난 목소리로 아이들 좀 뛰지 못하게 하라고 인터폰을 해 아이들에게 주의를 줬는데 며칠 뒤 또 장성한 아들이 뛰어올라와 현관을 마구 두드려 얼마나 겁이 났는지. 문을 열었더니 아이들 뛰는 것 때문에 엄마가 며칠째 잠을 못 잔다며 계속 애들 뛰게 할 거면 당장 이사 가라고 했다는 것이다. 급기야 경찰에 신고까지 해 조사를 나왔다며, 오늘 거실에 스티로폼을 깔고 그 위에 두꺼운 카펫까지 깔았는데 이러는 경우가 어디 있냐고 했다. 밤에 일찍 재우느라 낮잠도 안 재우고 놀이터에서 지칠 만큼 놀리며 하루 종일 밖으로 돌아다니는데 너무하는 거 아니냐고 했다. 전세 살다 어렵게 내 집 장만해 집수리도 깨끗하게 하고 행복하게 살 생각에 부풀어 이사를 했는데 이사 오자마자 이사를 가라네요. 이제 4살, 5살 말귀 못 알아듣는 애들을 끈으로 묶어 둬야 하냐고 우리에게 반문했다.

3층 아주머니는 몸져누웠다며 장성한 아들이 대신 반상회에 참석했다. 그 집 아들 말은 아이들이 밤만 되면 콩콩콩 뛰어다니는데 하루 이틀도 아니고 견딜 수가 없다는 것이다. 몸이 아픈 엄마는 뛰는 소리에 노이로제 걸릴 지경이라고 했다. 저녁에 우리 집에 와서 소리 좀 들어 보라고 했다. 집은 편히 쉬어야 할 공간인데 편히 쉬어야 할 공간에서 더 스트레스를 받고 있으니 어디 살겠냐며 하소연했다. 두 집이 모두 신경이 날카로워져 감정이 격해졌다.

반상회에 참석한 주민들은 팔이 안으로 굽을 수밖에 없는지 자신의 입장에 따라 의견이 반반이었다. 어린아이가 없는 어르신들은 요즘 젊은 엄마들이 아이가 뛰면 주의도 좀 주고 가르쳐야 하는데 공중도덕도 무시하고 오냐오냐 내버려 둔다면서 3층 아주머니를 두둔

했고, 어린아이를 둔 젊은 엄마들은 주의를 주지만 금세 잊고 순식간에 뛰어다니는 걸 강아지처럼 붙잡아 매둘 수도 없지 않느냐며 4층 엄마 역성을 들었다. 하지만 그 누구도 그들의 해결책을 찾아 주지 못했다. 끝내 두 집은 자신들의 억울함만 토로하고 풀어야 할 숙제를 그대로 안고 돌아갔다. 아래층 아주머니는 건강 악화로 인해 신경이 예민하셨고, 위층은 말귀를 알아듣기에는 무리가 있는 너무 어린아이들이었다. 서로 해결할 수 없는 잘못된 만남으로 감정이 격해 아저씨들끼리 멱살잡이까지 하고서야 윗집 꼬마네가 집을 내놓고 이사를 가기로 했다. 꼬마 둘은 길에서도 뛰어가다가 제 스스로 놀라 '엄마 뛰면 안 되지?' 하고 물어 가슴이 아팠다며 실컷 뛰어도 좋을 1층 집을 얻어 이사 간다고 했다.

그런데 4층에 새로 이사 온 집도 별반 나을 것도 없는 고만고만한 사내아이들이 이사를 왔고 신경이 예민한 아래층 아주머니는 위층 꼬마네가 이사 가고 얼마 되지 않아 소리 소문도 없이 이사를 갔다. 그 후 반상회에서 아래층 아주머니는 꼭대기 층에, 위층 꼬마네는 1층을 얻어 마음 편히 살았으면 좋겠다고 입을 모았다.

요즘 아파트가 방음시설이 잘되어 있지 않아 위 아래층과 옆집의 소음이 그대로 전해진다. 우리는 15층 꼭대기 층에 살아 층간 소음을 모르고 살았다. 엘리베이터에서 꼭대기 15층 버튼을 누르고 서 있으면 일면식도 없는 아저씨가 말을 건넨다. "꼭대기라 위층 소음이 없어 좋겠어요." 위층 소음에 시달린다는 뜻에서 부러워서 하는 말이다. 우리 집도 알게 모르게 아랫집에 소음을 전할 수 있겠다는 생각에 아래층에 새 집이 이사를 오면 '혹시 우리 집으로 인해 시끄러울 수도 있을 텐데 좋게 이해해 주세요.' 라고 먼저 인사를 한다. 인사를 먼저 한 것과 그렇지 않은 것과의 차이가 크다. 먼저 인사를 하면 많이 봐주신다. 공동주택에 사는 사람이라면 어쩔 수 없이 위아래층에 피해자이면서 가해자가 된다.

요즘 층간 소음으로 사건 사고가 연일 발생해 TV 뉴스가 시끄럽다. 마음으로는 상대를 조금씩 이해하고 양보하면 이해 못할 일이 뭐가 있겠냐고 하지만 현실로 자꾸 부딪히다 보면 마음 같지 않게 감정이 사나워진다. 늦거나 이른 시간에 세탁기와 청소기 돌리는 일, 운동기구 사용하는 일, 악기 연주 등을 자제해 이웃에 피해 주는 일이 없도록 해야 한다. 신경이 예민한 경우는 꼭대기 층에, 장난꾸러기 꼬마가 있는 경우는 1층에 집을 얻는 것도 한 방법이다.

공동주택은 우리 집 바닥이 아랫집의 천장이라는 것을 염두해야 한다.

5

콩트

술꾼

    일요일, 아들 녀석은 강촌으로 MT를 가고 미숙이와 준호 둘만 식탁에 앉아 비빔국수로 썰렁한 점심을 먹었다. 막 식탁 의자를 뒤로 밀어내며 일어서는데 현관 벨이 울렸다. 미숙이 인터폰의 화면을 들여다보다 깜짝 놀라 뒤로 물러서며 준호에게 수화기를 건네줬다. 미숙은 입을 삐쭉이며 작은 목소리로 혼잣말을 했다.

    "아우, 놀래라. 그 나이에 장난질은?"

    준호는 눈동자 하나로 가득 찬 화면을 보고 시원하게 웃으며 수화기에 대고 말했다.

    "짜식, 장난은? 들어와."

    준호의 대학 동창인 영철이다. 친구 따라 강남 간다고 재작년에 준호네 옆 동으로 이사와 밤낮으로 뭉쳐 다니고 있다. 영철이 이사 온 뒤로 준호가 술을 더 마시고 다니는 것 같아 미숙은 영철이 마땅찮다. 영철이 현관으로 들어서는데 얼굴과 팔뚝에 상처 딱지가 앉아 있었다. 놀라는 미숙에게 영철이를 대신해서 별거 아니라는 듯 준호가 말했다.

"저 상처? 엊저녁에 술 한잔하고 아파트 문 비밀번호 누르다가 아래로 내려가는 계단 쪽이 벽인 줄 알고 기대다 그대로 굴렀지 뭐. 술 취해 굴렀으니 저만하지, 맨 정신에 굴렀으면 팔다리가 절단 났을 거야."

미숙은 "그만하길 다행이네요."라고 말은 했지만, 너무 어이가 없어 입이 다물어지지 않았다. 영철이 머쓱해하며 웃었다.

계단에서 구른 이야기 끝에 준호가 갑자기 대학 다닐 때 영철이와 술 먹다가 있었던 일이 떠올랐다며 그때 이야기를 꺼냈다. 미숙은 커피 두 잔을 타서 아무 말 없이 거실 테이블에 갖다 주고 설거지를 했다. 준호와 영철은 소파에 앉아 벌써 30년이나 더 지난 이야기를 꺼내 낄낄거리고 있었다.

준호가 군대를 제대하고 복학하기 하루 전날이었다. 준호보다 한 학기 먼저 제대해 새 학기를 기다리고 있던 친구 영철이랑 시장 길목에 있는 술집에서 대낮부터 술을 마시고 있었다.

"그동안 나라의 부름에 충성하느라 3년간 술이 억수로 고파도 참았다. 오늘 한번 죽어 보자구."

둘은 막걸리를 마시며 군대에서 피마자 밭에 거름 줬던 이야기로 시작해서 끝없이 이어지던 군대 이야기는 망할 놈의 고참 이야기로 끝이 났다. 준호가 영철의 잔에 막걸리를 따라 주다가 갑자기 혀 꼬부라지는 소리로 물었다.

"이 술 이름이 왜 막걸리인 줄 알아?"

"갑자기 뚱딴지같이?"

"인목대비 어머니가 제주에서 귀양살이할 때 생계를 이을 길이 없어 술을 담가 팔았대. 멀리서 온 손님들이 자꾸 조르는 바람에 '막 걸러서' 팔아 붙여진 이름이래. 먹을 때 먹더라도 알고나 먹자고."

막걸리는 입에 쩍쩍 붙었다. 둘은 코가 삐뚤어지게 마셔 댔다. 밖은 벌써 어두워지고 있었다.

"가자! 가자! 2차 가자구! 입가심으로 소주 일 병, 어때?"

포장마차로 자리를 옮겼다. 참새구이 세 마리를 놓고 입가심으로 시작한 소주가 벌써 다섯 병째다. 군대 이야기는 되새김질하듯이 다시 시작되었다.

"나 군대 있을 때 말이야. 고참들이 신참이라고 똥바가지로 똥을 퍼서 피마자 밭에 거름을 주라는 거야. 부대 똥은 똥차가 와서 치는 게 아니라 신참들이 똥바가지로 퍼서 피마자 밭에 거름을 주거든. 첫날엔 더럽다는 생각에 욕지거리가 나지. 삼사일 지나니 정이 가더라구. 하루는 똥만 푸다 보니 지루하더라. 쉬어 갈 생각으로 군인자세를 벗어나지 않는 선에서 똥바가지 휘두르며 칼싸움하고 놀았지. 똥바가지로 칼싸움하는데 놀만 하더라. 그런데 팔뚝으로 똥물이 줄줄 흘러내려 독이 오른 거야. 살이 점점 딱딱해져 악어 껍질처럼 되는데 겁이 나더라. 군대에 와서 파충류 되는 줄 알았다. 사령부 의무대에 가서 약 바르고 치료를 해도 워낙 독이 심하게 올라 안 낫는 거야. 외출 나가서 민간인 병원에서 여러 날 치료한 거 너 아냐? 그거 우습게 생각하다간 공룡 된다. 킥킥킥. 아, 취한다."

준호와 영철의 이야기를 졸면서 듣던 포장마차 아줌마는 이제 들어갈 시간이 되었다며 빈병을 거두어 갔다. 아쉽지만 별수 없이 털고 일어나 서로에게

"네가 더 취했으니 내가 너희 집에 데려다 줄게."

실랑이를 하다가 더 나을 것도 없는 영철이가 준호를 집에 데려다 주기로 했다. 영철이와 준호는 어깨동무를 하고는 누가 누구를 부축하는지도 모를 만큼 서로의 다리를 꼬아 가며 걸었다.

이때 영철이 다급한 듯 준호의 팔을 풀어 전봇대에 감아 주었다.

"급해서 그래. 잠깐 볼일을 보고 올 테니 잠깐만 전봇대 붙들고 있어."

영철은 오던 길 쪽으로 휘청거리며 갈지자로 걸어 내려갔다. 준호는 갓 시집 온 새색시 끌어안듯 영철이 시키는 대로 전봇대를 끌어안고 서 있었다. 한참을 기다려도 영철은 돌아오지 않았다.

"이 자식이 저 혼자 가 버렸어. 의리 없게. 너 아니면 집 못 찾아갈 줄 아냐?"

준호는 비틀거리는 걸음을 옮겨 주택가 쪽으로 걸어갔다. 하늘 한가운데 조각달이 멋쩍게 걸려 있었다.

"아! 오랜만에 기분 조오타."

너무 피곤했다. 옷도 벗지 않고 베개를 베고 누워 이불을 덮었다. 토끼가 제 방귀 소리에 놀라 30리를 뛴다고 준호는 제 코 고는 소리에 놀라 잠에서 깨었다. 하품을 늘어지게 하다가 사방을 둘러보니 낯선 방이었다.

"어어, 여기가 어디지?"

머리맡에서 예비군복을 입은 낯선 아저씨가 준호를 내려다보고 있었다.

"이제 정신이 드나? 나 아니었으면 얼어 죽을 뻔했네. 젊은 사람이 웬 술을 그렇게 마셨어?"

아저씨가 새벽에 있었던 이야기를 해 주시는데 이불을 덮고 잔 기억 이후의 일은 전혀 생각이 나지 않았다.

아저씨는 중대본부에서 새벽에 비상훈련이 있으니 예비군은 한 사람도 빠짐없이 참석하라는 비상연락을 받고 예비군복에 군화까지 챙겨 신고 초등학교 운동장으로 향하고 있었다. 그런데 어둠 사이로 벽돌공장 앞마당에 누가 벽돌 한 장 베고 가마니를 덮고 자는 게 보였다.

'세상에. 날씨가 다락같이 추워 방에 들여 놓은 대접의 물도 얼어붙는데, 이 추위에 얼어 죽으려고 작정했나.'

가까이 가 보니 빡빡 밀은 머리가 채 자라지도 않은 밤송이가 가마니를 덮고 자고 있었다. 얼어 죽을지도 모를 사람을 구하는 것도 예비군이 감당할 비상사태라고 생각했다. 무겁기는 얼마나 무거운지 낑낑대며 아저씨의 방으로 옮겨 뉘었다.

깨어나는 걸 보고 비상훈련에 가야겠다고 마음을 먹었는데 네댓 시간이 지나도록 깨지 않았다. 결국 비상훈련은 참석하지 못했다.

"이런 날 한데서 자면 큰일 나. 죽으면 어쩌려고 젊은 사람이 술을 그렇게 많이 먹고 다니나."

준호는 낯이 뜨겁기는 했지만 비위 좋게 아침까지 얻어먹고 집을 나왔다. 밖에 나와 보니 어이없게도 그리 멀지 않은 곳에 준호의 집이 있었다. 밤새 얼었던 흙길은 햇볕에 녹아 질척거렸다. 하늘의 태양은 시리도록 눈부셨다.

정신을 차리고 집에 돌아와 곰곰이 생각하니 친구란 놈이 괘씸해졌다. 준호는 영철의 배신에 분을 삭일 수가 없었다.

"저만 살겠다고 날 버리고. 의리라고는 없는 놈."

벼르다 학교에 갔는데 친구는 코빼기도 보이지 않았다.

'그렇지 벼룩도 낯짝이 있지.'

영철은 이틀 만에 학교에 나타났다. 준호는 영철을 보자마자 멱살을 잡았다.

"얌마! 너 어디 있다 이제 나타난 거야? 넌 인간도 아냠마. 니 덕분에 난 죽다 살아났어."

영철이 멱살을 잡고 있던 준호의 손을 뿌리치며 자기 이야기를 쏟아 놓았다.

"내 말도 좀 들어 봐. 널 버리고 간 게 아니야. 널 전봇대에 세워 두고 일 좀 보려는데 찻길 주변에 마땅한 곳이 있어야지. 근데 앞에 육교가 보이더라. 늦은 시간이라 육교로 오가는 사람도 없고. 일단 올라갔지. 육교 위에서 일을 보는데 순찰차가 비상등을 켜고 사이렌을 울리며 달려오는 거야. 다른 사람을 잡으러 가는 거라 생각했지. 옷춤을 여미는데 날 잡으러 오는 거였어. 바로 순찰차 타고 경찰서로 잡혀갔지. 경범죄래. 나 참, 넌 그래도 따뜻한 방에서나 잤지. 난 쇠창살 까막소에서 2박 3일 구류 살다 좀 아까 나왔다구. 경찰 나으리가 육교 위에 올라갔다가 또 잡혀 들어오면 주우겨 버린다더라."

오해가 풀려 개운해진 준호는 벽돌 베고 얼어 죽을 뻔했던 얘기를 늘어놓으며 둘은 눈물이 나올 만큼 웃었다. 이야기 끝에 영철이 한 마디 했다.

"얌마, 어쨌거나 나 오늘 출소했는데 두부 안 먹여 주냐? 두부김치에 쏘주 한잔 어때?"

"좋지, 가자구. 다시 태어난 기분으로."

술은 술로 푼다더니 준호와 영철의 술 마시다 일어난 대형사고 이야기는 두부김치에 소주 한잔 하러 가는 것으로 끝이 났다.

설거지하며 이야기를 얻어들은 미숙은 예나 지금이나 술에 관한 한 죽이 척척 맞는 준호와 영철이가 마땅치 않았다. 미숙은 주방에서 걸어 나오다 소파에 앉아 낄낄대는 준호와 영철을 향해 눈을 하얗게 흘기고는 안방 문을 쾅 닫고 들어가 버렸다.

신입사원과 노처녀 명희 씨

"명희 언니, 오늘 남자 신입사원 들어온다고 했잖아? 몇 명 들어왔는지 알아? 자그마치 여섯 명이야. 그중에 '최' 뭐라더라? 목에 건 신분증에 '최수민'이라고 되어 있는 거 같았어. 그 남자 꽤 괜찮게 생겼던데……."

아침부터 큰 정보라도 알려 주는 것처럼 호들갑을 떠는 갓 입사한 여직원의 말이 이젠 별로 반갑지 않다. 명희의 최대 인생 목표는 결혼하여 아들 딸 낳고 행복하게 사는 것이라, 결혼하지 않겠다는 친구가 도무지 이해되지 않는다.

명희는 해마다 새해가 밝으면 동해 바다로 여행을 떠난다. 바다와 맞물려 붉게 떠오르는 해를 바라보며 결혼하고 싶은 작은 소망을 빌어 보지만 어제 같은 오늘, 오늘 같은 내일, 잔잔한 나날들을 보내다 연말이 되면 어김없이 홀로 제야의 종소리를 들어야 했다.

지루하기만한 토요일 오후, 같이 영화 봐 줄 남자도 없고 결혼 계획은 더욱 없고 해서 회사를 무작정 그만둘 수도 없다. 할 수 없이 말뚝 박고 있는 그야말로 우리 부서의 찬밥이다. 잊을 만하면 한 번씩 "명희 씨 결혼 안 해?" 하며 등 떠미는 과장님의 지나치는 말에 눈치가 보이면서도 퇴사 않고 꿋꿋하게 버티고 있는 거다. 꺾어진 육십, 노처녀라고 말 걸어 주는 남자 직원 하나 없고 시선조차 주지 않은 지 오래. 이제 남자 신입사원이 들어왔다는 말에도 그저 시큰둥하다.

아직 사회의 때가 묻지 않아 앳돼 보이는 신입사원 여섯 명이 새로 구입한 것 같은 검정 양복에 사진 붙은 신분증을 목에 걸고 긴장 된 표정으로 서 있다. 그들은 과장님의 소개로 한 명씩 고개 숙여 인사를 하고는 목소리도 우렁차게 각오를 한마디씩 했다.

"열심히 하겠습니다!"

"부족한 것 많지만 잘 부탁드립니다! 많이 도와주십쇼."

다음 날 출근길에 로비에서 엘리베이터를 타려는데 어제 '최 아무개'라고 했던 신입사원이 다가와 명희에게 인사를 했다.

"안녕하십니까? 어제 새로 들어온 신입사원 최수민인데, 얘길 들어 보니 여직원 중에 젤 고참? 나랑 동갑이라던데 말 놓고 지냅시다!"

"아? 에에."

갑작스러운 말에 명희는 얼떨떨하기만 했다.

이렇게 첫인사가 있은 후, 그 남자는 오가며 마주칠 때마다 "좋은 아침.", "명희 씨, 점심 먹었어?", "일도 좋지만 쉬어 가며 하자고." 하는 인사를 해 왔다. 그 남자로 인해 오랜만에 느껴 보는 기분, 정말이지 회사 다닐 맛이 났다.

그날도 부서 직원이 모두 야근을 하기로 했다. 일주일 뒤에 있을 주주총회를 명희네 부서에서 맡아 진행해야 하기 때문에 벌써 일주일째 정시에 퇴근하지 못했다. 주주총회를 순조롭게 차질 없이 성공적으로 치러내기 위해서는 빈틈없이 준비해야 했다.

엊그제는 이사님이 야근하느라 수고한다며 일식집에서 유부초밥과 골뱅이무침을 시켜 주셨는데 오늘은 총무부에서 식권을 타다 지하 중국집에서 단체로 짜장면을 먹게 되었다. 늦잠 자느라 아침도 굶고 업무가 많아 점심도 거른 상태라 수민은 짜장면 그릇에 두어 번 젓가락을 쭉 올려 후루룩 입에 넣고 나니 빈 그릇이었다. 그때 명희는 점심 먹은 것이 소화가 안 되어 몇 젓가락 먹다 말고 그릇을 밀어 놓고는 수민의 먹는 입만 바라보고 있었다.

"왜에? 명희 씨, 입맛 없어? 내가 먹어 주지."

수민은 명희의 대답도 듣기 전에 명희의 짜장면 그릇을 당겨 순식간에 빈 그릇을 만들더니 먹고 나니 좀 살 거 같다며 씩 웃었다. 명희는 수민의 갑작스런 행동에 직원들 눈치가 보여 무척이나 당황스러웠다. 이 일을 어떻게 해석해야 하나?

그 일이 있은 지 두어 달 지났을까? 명희에게 남다른 친절을 보이면서도 결정적인 말을 해 주지 않는 수민을 생각하면 조바심이 나서 견딜 수가 없다. 생각이 꼬리를 물고 이어지는 바람에 밤잠을 설친 명희는 망설이며 애태우는 수민을 대신해 먼저 말을 꺼내기로 마음먹었다. 시계 바늘은 왜 그리 더디 가는지 아침부터 퇴근 시간만 기다리느라 하루 종일 일이 손에 잡히지 않았다. 명희는 퇴근 시간 무렵 조금 일찍 사무실을 빠져나와 수민에게 전화를 했다.

"수민 씨, 저 지금 지하 찻집에 있어요. 여기서 기다릴게 잠깐 내려오세요. 할 말 있어요."

명희의 전화를 기다렸다는 듯 금방 한걸음에 뛰어 내려온 수민이 그저 고마웠다. 둘은 커피를 마주하고 앉았다. 명희는 그간 명희를 향한 수민의 행동이 예사롭지 않다는 확신이 있었기에 용감해질 수 있었다.

"남자가 왜 그래요? 나한테 할 말 있죠?"

이렇게 물꼬를 터 주면 수민이 다음 말을 하기 쉬울 거란 배려의 마음이기도 했다. 그런데 수민의 대답은 의아했다.

"무슨 얘길?"

"모르는 척 시침 떼지 말고 빨리 얘기해 봐요."

"무, 무슨 말이야? 날 보고 얘길 하라니?"

"너무 뜸을 오래 들이는 거 아니냐고요? 말하기 곤란하면 내가 말할 게요. 왜 근무시간에 일은 안 하고 나만 빤히 보는 거예요? 나한테 관심 있는 거 맞잖아요?"

"어, 어? 뭔가 이상한 생각을 하고 있는 모양인데 명희 씨? 난 아냐. 뭔가 오해가 있나 본데?"

"네에? 그럼, 근무시간에 일은 안 하고 나만 쳐다보고 있었던 거, 또 전에 야근할 때 내가 남긴 짜장면 가져다 먹은 거, 그건 뭐예요?"

"아! 그 짜장면? 그날 하루 종일 쫄쫄 굶어서 그랬고, 명희 씨를 바라본 게 아니고 내 책상 옆에 기둥이 있어서 기대고 앉는 게 편해서 돌아앉은 것뿐인데. 이거 오해하게 만들어서 미안한데."

"……."

명희는 자신의 경솔함에 더 이상 말을 이을 수 없어 그 자리를 뛰쳐나왔다. 현관의 회전문을 돌아 나오며 명희는 달아오르는 부끄러움에 낯을 들 수가 없었다.

명희는 혼자 중얼거리듯 말했다.

'마음 상해하지 마라, 명희야. 헛다리짚은 게 이번이 처음이 아니잖니. 어디 있냐? 내 반쪽. 너 잡히면 죽는다.'

---

* KBS2FM 최화정의 가요광장 콩트, 1996

결혼용은 아니었어

　선희 씨가 무역회사에서 1년을 보낸 어느 날, 정말 괜찮은 두 남자 신입사원이 들어왔다. 1년쯤 생활하다 보니 두 남자의 모든 것이 대조적이었다.

　"아니 이소심 씨, 첫 월급 탔으면 신고식 같은 걸 해야지. 어쩌면 그렇게 쓴 커피 한잔 안 사. 사람 사는 게 그런 게 아니잖아요?"

　동료들의 섭섭한 농담에도 눈 하나 까딱 안 하는 천하의 구두쇠 이소심 씨. 1시간이면 끝낼 일도 부장님의 눈치가 보여서인지 서너 시간씩 붙들고 앉아 쩔쩔매는 쪼잔한 사람으로 보였는데, 누가 봐도 호탕한 왕대담 씨의 태도는 달랐다.

　"어머나, 소식 들었어요? 오늘 왕대담 씨가 중국집에서 한턱 폼 나게 쏜대요. 역시 생긴 거는 못 속여. 대담 씨는 너무너무 남자답잖아."

　첫 월급을 타자마자 여직원들을 중국집으로 모시곤 거한 요리를 서슴없이 시켜 주는 통 큰 남자 왕대담 씨. 서너 시간은 족히 걸릴 일을 순식간에 끝내고 슬슬 사무실을 빠져나가 당구 한판 치고 들어오는 배짱. 어쩌다 지각을 할 때도 그는 당당히 들어서며 말했다.

"어구, 부장님! 죄송합니다. 조금 늦었습니다. 어제 친구를 만나 한잔 한다는 것이 그만 3차까지 간 거 있죠. 그 친구가 언제 부장님 한번 뫼시고 술 한잔하고 싶다고 하던데요."

반면에 이소심 씨는 어쩌다 한 번 늦으면 양복 상의를 회의실에 몰래 벗어 놓고 지각하지 않은 양 맨 와이셔츠에 넥타이 차림으로 슬며시 사무실로 들어서며 비굴하게 눈치를 살폈다. 또 언제나 왕대담 씨를 찾는 전화는 불이 나는가 하면 소심 씨를 찾는 전화는 거의 없을 정도였다.

그날도 대담 씨가 사 준 점심을 먹고 세면대 앞에 모인 여직원들이 한마디씩 한다.

"얘 선희야, 너라면 두 남자 중 배우자감으로 누굴 택하겠어?"

"어머, 언니 그걸 질문이라고? 당연히 왕대담 씨지. 언니는 아니야?"

"니네들 참 남자 볼 줄 모른다. 언니는 결혼해서 알잖니? 대담 씨야 데이트용으로 괜찮겠지만 결혼 쪽은 아니지."

"하여튼 언니는 이래서 우리랑 세대차가 나는 거야. 데이트하고 싶은 남자랑 결혼해야 그나마 달콤하게 사는 거 아니우?"

이토록 왕대담 씨에게 관심이 지대했던 선희 씨. 일이 많아 야근하는데 일 좀 도와 달라는 말에 선뜻 도와주고 나면 그는 선물이나 영화 감상, 멋진 식사로 인사를 했다.

그러던 어느 날, "선희 씨, 우리 결혼합시다." 박력 있게 청혼을 했고 몇 달 후, 하얀 눈이 내리던 날 두 사람은 동기들의 축하 속에 결혼식을 올렸다.

선희 씨는 신혼방에 새하얀 구름 방석을 깔고 앉아 근사한 남자와 함께하는 특별한 삶을 꿈꾸었다.

그러나 신혼여행에서 돌아온 며칠 후 새벽 1시가 넘어서야 귀가한 대담 씨. 선희 씨에게 혀가 있는 대로 꼬부라진 목소리로 외쳐 댔다.

"취한다. 취해. 꿀물! 꿀물! 딸꾹."

선희 씨는 입술을 깨물면서 중얼거렸다.

'아, 역시 결혼용은 아니었어.'

---

* KBS2FM 라디오, 최화정의 가요광장 콩트, 1996

Mr. 노

영희의 나이 33세. 같은 과 동료인 Mr. 노와 결혼을 했다.

신혼 초, 퇴근 시간이 되면 총알처럼 귀가하던 그가 3년쯤 지나더니 오뉴월의 엿가락 늘어지듯 퇴근 시간이 점점 늦어지기 시작했다. 퇴근길에는 웬 사연이 그리 많은지 어쩔 수 없이 술을 마실 수밖에 없었던 이유도 각양각색으로 나타났다.

상사와 관계가 좋지 않아 사표를 던진 선배와 술 한잔. 후배의 집사람이 몸이 안 좋은데다 딸이 장이 아파 입원해서 같이 위로주를 해 줘야 한다. 그리고 동창 아버님이 돌아가서서 밤샘해 줘야 한다며 그 먼 전라도 고창으로 달려간다. 또 회사가 도산해 기원에서 바둑을 두며 시간 보내는 친구와 대화 나눌 시간도 남겨 둬야 한다.

이제 결혼한 지 만 9년, 영희는 해마다 이력이 나서 너무한다 싶은 일들도 예사롭기만 했다. 그들이 사는 10층 아파트에는 80세대가 사는데, 경비 아저씨 말로는 Mr. 노가 늦게 들어오기로 3등 안에 든다니 알아볼 정도이다.

11월 첫째 월요일 오후 6시, "박 대리가 퇴사해서 송별회로 늦을 테니 문단속 잘하고 있어."라고 Mr. 노로부터 전화가 왔다. 그래서 일찌감치 저녁을 먹고 습관처럼 TV를 켜 놓았다. 오락 프로를 하는가 싶더니 뉴스를 하고 뉴스를 하는가 싶더니 연속극을 하고 있었다. 베란다 앞으로 마주 보이는 106동에 불이 하나씩 꺼지고 뻐꾸기 시계의 바늘이 새벽 1시를 향해 달려가고 있었다.

그때 인터폰이 울렸다.

"이 새벽에 웬 인터폰……."

경비 아저씨의 급한 목소리가 인터폰을 타고 흘러나왔다.

"수현이 엄마! 수현이 아빠가 택시 타고 오셨는데 꽤 취하셨어요. 날 보고 차비를 좀 주라는데 내가 돈이 있나. 얼른 2만 원 갖고 내려와요."

영희는 지갑째 들고 자꾸 흘러내리는 고무줄 치마를 움켜쥐며 엘리베이터를 타고 내려갔다. 남편은 보이지 않고 운전사 아저씨만 험한 얼굴이 되어 기다리고 있었다.

"거! 바빠 죽겠는데 기다리게 만들고. 차비가 없으면 차를 타지 말든가."

운전사 아저씨는 그와 부부라는 사실 하나 만으로 영희까지 한심한 듯 바라보며 돈을 빼앗듯이 가져가 버렸다. 부아가 나서 견딜 수 없는 것은 둘째치고라도 민망해 몸 둘 바를 몰랐다.

"수현이 아빠는 어디 있어요? 아저씨."

"네? 안 올라가셨어요?"

'이이는 도대체 어디로 간 거야.'

Mr. 노는 어디로 갔는지 보이지 않았다. 각층 복도마다 다 둘러보았지만 그는 없었다. 비상구에 쓰러져 자고 있을지도 모른다는 생각에 옥상까지 올라가 봤지만 어디에도 없었다. 있어야 할 사람이 보이지 않는 것처럼 불안한 것이 또 있을까.

"아저씨 어떻게 된 거예요? 어떤 옷을 입고 있었어요? 천천히 얘기해 보세요?"

와이셔츠만 입고 양복 상의는 차 안에 없었다고 한다.

"아저씨, 우리 애 아빠가 맞아요? 네? 우리 애 아빠가 맞냐구요?"

불안감을 씻기 위해 경비에게 다그쳐 물었다. 아저씨는 한참 서 있더니 이마를 탁 쳤다.

"아, 아아!"

경비 아저씨는 재빨리 인터폰을 들더니

"슬기 엄마, 급하니까 2만 원 갖고 경비실로 빨리 와요."

"……."

"아유, 미안해요. 수현이 엄마. 체구도 비슷하고 얼굴도 닮아서 수현이 아빤 줄 알았지. 미안해요."

아저씨 눈에는 술 취해 늦게 들어오는 사람은 으레 우리 애 아빠로 보이냐고, 술 취해도 저 정도는 안 마신다고 영희의 목청은 새벽 공기를 가르며 자신 있게 울려 퍼졌다.

"끽!"

그때 어둠 속에서 택시 한 대가 멈추고 뒷문이 열렸다.

"어, 아저씨. 마안삼처원만 빌려 줘요."

Mr. 노의 목소리는 술에 젖어 발음마저 흔들리고 있다. 멍하니 서 있는 영희를 발견하고는

"아, 근데 왜 나와 있어? 나 마중 나왔어? 아, 취한다."

등장할 때 맞춰 등장한 연극배우처럼 그는 주인공이 되어 있었다.

참 좋은 시절

    욕실에서 면도를 하다 갑자기 대학 1학년 때 일이 떠올라 피식 웃었다.

    벌써 40여 년 전의 일이다. 중·고등학교, 대학교까지 같은 학교를 다니다 보니 저절로 가까워진 상구라는 친구가 있다. 우리 집에도 자주 놀러와 자고 가기도 하고 늘 뭉쳐 다녔다. 그날도 여느 때처럼 사당동에서 상구와 함께 버스에 올라 맨 뒤로 들어가 섰다. 사람들은 모두 자리에 앉았고 서 있는 사람은 우리 둘뿐이었다.

    창밖으로 순경에게 붙들려 이발기로 머리 깎이는 수모를 당할지언정 장발을 휘날리며 걷는 청바지 차림의 젊은이가 눈에 띄었다. 기분 좋은 일이라도 있는 듯 전면 거울에 비친 운전사 아저씨는 웃고 계셨다. 한가로운 풍경이다. 나와 상구는 엊그제 어그러진 미팅을 아쉬워하며 2차 미팅을 구상하고 있었다.

    이때 난데없이 버스 앞으로 누렁이 한 마리가 뛰어들었다. 이에 놀란 운전사는 사정없이 급정거를 했고, 손잡이를 놓친 상구가 버스 앞쪽으로 쏜살같이 달려가 운전석 옆의 툭 튀어나온 엔진 커버에 몸을 날렸다. 이 정도의 속력에 몸이 온전하다면 쇳덩이지 인간이랄 수 없었다. 상구는 목에 금이 가 팔자에 없는 병원 생활을 하게 됐다며 퇴원 전날까지 억울해했다.

한곳에 잠시라도 가만히 있지 못해 '발발이'라는 별명을 가진 상구에게 병원 생활은 감옥과 같았다. 좀이 쑤셔 어쩔 줄 몰라 하는 상구를 위해 부채과자, 군밤, 호떡을 번갈아 사들고 다니며 병원에 출근 도장을 찍었다. 인내 반, 체념 반의 끈기로 한 달 반 만에 치료가 끝났다.

내일 퇴원하라는 의사 선생님 말씀에 상구는 벌써부터 어깨가 근질거렸다. 그날도 어김없이 붕어빵 한 봉지 사들고 병원에 찾아가 퇴원 축하를 해 줬다. 상구는 어깨에 날개가 생겨 근지러웠는데 잘 왔다며 반색했다.

"상구야 되게 심심하지? 오늘이 퇴원 이브인데 목도 다 나았겠다, 깁스도 풀었겠다, 퇴원 축하 내기 당구 한판 어때?"

"당구? 근데 어떻게 나가냐? 그냥 있을래. 내일 퇴원인데 좀 그렇다."

상구는 병원 마당 한쪽 구석에서 함께 담배나 한 대 태울 생각이었지 당구는 엄두가 나지 않았다.

"그럼, 당구는 그만두고. 한잔 해도 괜찮고……."

뒤를 흐리는 내 말꼬리에 솔깃한 상구가 말했다.

"그럼, 딱 한 시간만이다. 다 나았는데 한잔은 괜찮지."

환자가 허락도 없이 외출한다는 것이 걸리기는 했는지 '딱 한 시간'을 거듭 강조했다. '한잔 해도 괜찮고.' 라는 말에 코가 꿴 상구는 내 마음이 변할까 봐 급히 사복으로 갈아입고 앞장섰다.

둘은 바깥세상을 향해 비상구로 탈출에 성공, 한 달 반 만에 들이마시는 바깥공기는 병원 소독내와는 비할 수 없이 달콤하다며 상구는 연신 콧구멍을 벌름거렸다. 둘은 시장 뒷길로 들어서 허름한 빈대떡집에서 파전에 막걸리 한 주전자로 목을 축였다. 상구는 막걸리 한 주전자로 기분이 좋아져 딱 한 시간만 외출하는 거라던 다짐은 소주 한 병을 더 주문하면서 까맣게 잊었다.

"술이 달다. 아, 좋다."

"그래 입에 붙을 때 자, 한잔 더!"

"갑자기 많이 마시면 안 되는데……."

"뭐 다 나았는데. 걱정 말고 받아. 받으시고, 받으시고. 자, 자."

마시다 보니 술이 꼭지까지 오르고 더 이상 환자도 보호자도 아니었다. 2차로 담배 연기 자욱한 당구장으로 자리를 옮겼다. 오랜만에 치는 당구, 공이 원하는 방향으로 굴러갈 때마다 스트레스가 팍팍 풀리는 것 같았다.

불행하게도 최상의 기분인 둘에게 스멀스멀 다가오는 그림자가 있었다. 갑자기 당구장 안이 술렁이더니 좀 불량기 있어 보이는 사내들이 두 패로 나뉘어 싸움이 벌어졌다. 둘은 '장군의 아들' 촬영장인 듯 변해 버린 곳에서 몸을 피하지도 못하고 싸움은 커져 갔다. 사태의 심각성을 깨달은 상구가 낮은 목소리로

"야, 나가자. 안 되겠어."

"뭘 겁먹어. 지들끼리 싸우다 말겠지."

나는 술김에 용감했다. 겁 없이 상구를 안정시키고 다시 당구를 치려는데 고래 싸움에 새우등이 터지고 말았다. 겁먹은 얼굴로 서 있던 상구가 싸움패가 휘두른 당구봉에 얻어맞은 것이다. 상구는 목을 움켜쥐며 뒹굴었다. 이 상황에 할 수 있는 일은 상구를 부축해 빨리 병원으로 옮기는 것이다. '아까 가자고 할 때 말 들을 걸.' 하는 후회는 이미 늦었다.

한쪽 눈은 아이세도우를 발라 놓은 듯 퍼런 멍이 들고 입술은 터지고 코피까지 줄줄 흘리며 병실로 들어서니 상구 어머님이 기겁을 하셨다. 말없이 나가더니 그 꼴이 뭐냐며 황급히 의사를 불러왔다. 잠깐 마당에 바람 쏘이러 간 줄 알았다며 눈물을 보이셨다. 잠깐의 장난스런 행동으로 큰 화를 부른 것에 할 말이 없었다.

"세상천지 이럴 수가 있냐? 너도 정신이 없지. 거길 어디라고 따라가. 따라가길. 넌 병원에 있는 환자를 저 꼴로 만들고 싶니? 환자한테 술이나 먹이고. 가자는 놈이나 따라나서는 놈이나. 다시는 병원 근처에 얼씬거렸다가는 다리몽둥이를 분질러 버릴 테다."

역정 내시는 상구 어머님 목소리를 뒤로하고 병원 문을 나서며 상구의 빠른, 초고속 쾌유를 빌었다. 처음부터 마시지 말았어야 할 '딱 한잔'과 '상구가 당구장에서 나오자고 했을 때 도망 나왔어야 할' 두 가지 후회가 기분을 무겁게 했다.

한 달 반으로 끝났을 치료가 재입원으로 3개월 더 연장되어 학교는 한 학기 쉬었다. 상구 어머님이 다시는 병원에 얼씬도 하지 말라고 했지만, 김이 모락모락 나는 호빵을 사들고 넉살 좋게 병문안을 다녔더니 상구 어머님이 맥없이 웃으셨다.

　흰머리가 하나, 둘 늘고 환갑이 내일모레다. 조심스러울 나이가 되었다. 무슨 일이든 겁내지 않고 자신만만했던 그 시절, 어른들이 '좋을 때다.' 라고 말씀하실 때는 몰랐다. 그 시절이 참 좋은 시절이었던 것을…….

아테네 올림픽, D-11일

  고등학교 다니는 두 딸은 여름방학이라고 친구들과 대천으로 남이
섬으로 놀러 갔다 온 터라 휴가비도 아낄 겸, 남편과 집에서 에어컨
켜고 TV 보는 것으로 여름휴가를 대신 하기로 했다.

  2004년 8월 어느 날, 두 딸은 아침을 먹는 둥 마는 둥 이른 외출을
하고 남편과 함께 집을 지키고 있었다. 남편이 TV를 켜더니 주방에
서 과일을 깎고 있는 나를 급하게 부른다.

  "우리나라 양궁 하네. 아테네 올림픽 개막했구나. TV에서 D-20일
이라고 한 것이 엊그제 같은데 그새 개막을 했단 말이야? 얼른 이리
와 봐."

  남편 말에 앞치마에 젖은 손을 닦고 주방에서 나와 TV에 시선을
돌렸다. 김수녕 선수가 보이고 앳돼 보이는 한 선수와 몸집이 좀 있
어 보이는 또 한 선수, 이렇게 세 선수는 차분하게 활을 쏘면서 간간
히 미소를 짓는다. 저들의 컨디션이 참 좋다는 느낌이 들고 결과가

좋을 거라는 예감마저 들게 했다. 김수녕 선수는 선배다운 모습으로 후배의 등을 두드려 주고 동생들은 격려에 힘입어 차분하게 활을 한 발 한 발 쏴 나갔다.

독일과의 준결승전. 초반에는 상대팀과 막상막하, 좀처럼 점수 차이를 보이지 않아 손에 땀을 쥐게 하더니 후반에 가서 독일이 흔들리기 시작했다. 독일 선수들 중 8점 과녁을 쏘는 선수가 있는가 하면 7점 과녁을 쏜 선수도 있다. 우리 선수들은 상대적으로 더 안정감을 보이며 9점, 10점을 얻어 냈다.

"10점! 아자! 파이팅!"

남편과 나는 박수를 치며 열심히 응원했다. 남편은 긴장이 되는지 TV에서 시선을 놓지 않았다. 해설가가 윤미진 선수는 지금 체고에 다니는 고등학생인데도 안정감 있게 활을 잘 쏘고 있다고 칭찬을 한다.

"저 선수는 고등학생이래."

"어머, 고등학생이 흔들림 없이 저렇게 차분하게 잘하냐? 김수녕 선수는 어쩜 늙지도 않고? 시드니 올림픽 때 그대로네."

드디어 준결승전에서 독일을 따돌리고 우크라이나와의 결승전.

"우크라이나 저 선수는 왜 활을 쏘고 나서 바로 눈을 감지? 그래서 점수가 안 좋은가 봐? 좋지 않은 버릇이네. 아우, 심장 떨려. 이겨야 되는데. 근데 이상하다. 어제 TV 오락프로 보니까 김수녕 선수가 나와서는 이번 아테네 올림픽 때 해설을 한다고 했던 거 같은데 내가 잘못 봤나? 선수로 나왔네."

우리나라가 승승장구하는 모습에 몰입되다 보니 남편은 내 질문이 그리 중요하지 않았고 나도 남편의 대답이 그리 중요하지 않았다. 그저 9점인지 10점인지 그것만이 중요했다.

우크라이나와 251 대 239점으로 단체전의 금메달은 우리에게 돌아왔다. 몸에 소름이 돋으며 주먹이 불끈 쥐어졌다. 감동적인 순간이다. 아이들과 같이 봤으면 더 좋았을 걸 아쉬웠다.

"야호! 금메달이다! 우리나라 양궁 선수들은 과히 천재적이야. 진짜 잘한다. 그럼 아테네 올림픽 첫 금메달은 양궁이네. 내일 신문 1면에 대문짝만하게 나겠다. 우리나라 금메달 땄다고 음식점 사장님들이 공짜 행사 하고 그러는 거 아냐?"

둘의 응원 덕에 금메달을 따기라도 한 것처럼 어깨가 으쓱해지고 응원한 보람이 있었다. 휴가 못간 아쉬움은 양궁 금메달의 기쁨으로 덮고, 양궁 여자 단체전에서 금메달 딴 기념으로 외출하고 들어온 아이들과 갈비집에서 저녁 외식을 하고 왔다.

집에서 후식으로 아이스케이크 하나씩 입에 물고 TV 저녁 뉴스를 보는데 아나운서가 뱉은 말에 남편과 나는 갑자기 현기증이 이는 것 같았다.

'아테네 올림픽, D-11일!'

남편과 나는 눈을 동그랗게 뜨고 서로 마주 보았다.

"이게 뭐지? 개막식 아직 안 했어? 그럼, 우린 낮에 뭘 본 거야?"

나는 잠시 고개를 갸우뚱하다 이내

"아이고 참, 4년 전 시드니 올림픽 양궁 재방송을 본 거지."

아무리 생각해도 낮에 있었던 일이 꿈만 같아 어처구니가 없었다.

6

공모전 수상작

가스안전지킴이

우리 집은 아파트 꼭대기 15층이다. 그래서 끼니때가 되면 음식 냄새가 마구 올라온다. 어느 날에는 삼계탕 끓이는 냄새가 올라오고, 어느 날에는 삼겹살 굽는 냄새가 올라온다. 또 어느 날에는 탄 냄새가 심하게 올라와 우리 집에서 나는 냄새인 줄 알고 놀라기도 여러 번이다. 탄 냄새가 올라오는 일이 종종 있다 보니 이제는 탄내가 올라와도 무심해진다.

얼마 전 앞집 아주머니가 쾅쾅쾅 현관문을 마구 두드렸다.

"아니, 이 집에 불에 뭐 올려놓은 거 없어? 자꾸 탄내가 나네."

"없는데요. 누가 또 밥 태웠나 보죠."

나 역시 요즘 부쩍 깜빡깜빡해서 빨래를 삶다가 태운 적이 있어 심각한 생각은 하지 않았다.

"아니야. 아까부터 계속 탄내가 나는데."

아주머니가 하도 걱정을 해서 탄 냄새나는 집을 찾아 아래층으로 내려가는데 5층 새댁이 걱정스러운 얼굴로 올라오고 있다.

"아줌마, 우리 아파트에서 탄내가 심하게 나요. 누가 불에 뭘 올려놓고 외출했나 봐요."

냄새나는 집은 바로 앞집 아주머니네 아랫집이었다. 벨을 눌러 보았지만 인기척이 없다. 이 집은 안주인마저 직장에 다니기 때문에 이 시각에는 빈집일 텐데, 집주인 휴대폰으로 전화를 걸었지만 받지 않는다. 안에 무슨 일이 일어나고 있는 게 분명하다.

나는 급히 경비실에 연락을 했고 경비아저씨는 발 빠르게 우리 동으로 들어오는 가스부터 차단했다. 앞집 아주머니는 119에 신고를 했다. 소방차는 집 가까이에 대기라도 하고 있었던 것처럼 바로 달려왔다. 탄 냄새가 나는 집은 문이 단단히 잠겨 있어 소방관이 위층 베란다에서 밧줄을 타고 아래층으로 들어갔다. 잠시 후, 뿌연 연기 속에서 새까맣게 탄 냄비를 들고 나왔다. 내용물이 무엇이었는지 형체도 알 수 없을 만큼 까맣게 타 있다. 다행히 주변으로 번지지 않았지만 위험천만한 일이 벌어질 뻔했다.

소방차 소리에 모인 이웃 주민들이 놀란 가슴을 쓸어내리며 주인 없는 빈집을 향해 한마디씩 하고는 도리질하며 돌아갔다.

"저러다 이 아파트 다 타게 하면 어쩌려고 불에 뭘 올려놓고 외출을 해!"

큰 불을 미연에 방지해서 다행이었지만 그 충격은 한동안 머리에 남아 떠나지 않았다.

가족들은 이른 아침을 먹고 회사로 학교로 나가고 나도 바깥 볼일이 많아 서둘러 집을 나왔다. 제일 먼저 은행에 가서 번호표를 뽑아 들고 차례를 기다렸다. 월말이어서 그런지 은행에 사람들이 많아 일 보는데 오랜 시간이 걸렸다. 그리고 친구 아들이 입원한 병원을 찾아 아들의 병세에 대해 이야기를 나누고 친구가 아직 아침을 못 먹었다는 말에 그냥 올 수 없어 같이 점심 식사를 했다. 점심까지 먹고 집으로 돌아오는 길에는 마트에 들러 저녁 찬거리 장을 봤다. 양손에 짐을 들고 막 현관으로 들어서는데 학교에 있어야 할 중학생 딸이 문 앞에 서서 화를 내고 있다.

"엄마! 어디 갔다가 이제 와!"

딸의 버릇없는 말투에 마음이 언짢아져서 곱지 않은 대꾸를 했다.

"왜에!"

"엄마, 가스레인지에 주전자를 얹어 놓고 나가시면 어떻게 해요. 내가 오늘 단축수업을 해서 일찍 왔는데도 주전자가 다 타서 불 날 뻔했잖아요. 엄마가 이렇게 늦게 오시는데, 제가 일찍 안 왔으면 어쩔 뻔했어요! 내가 열쇠를 따고 집으로 들어서는데 타는 냄새가 막 나잖아요. 그래서 엄마가 집에 계신데 불에 올려놓은 걸 잊고 있는 줄 알았어요. '엄마, 뭐 타나 봐.' 하고 안으로 들어서는데 엄마는 없고 앞이 안 보이게 집에 뿌연 연기가 꽉 찼어요. 가스 불 끄고 창문다 열고 했는데도 아직도 집에서 탄 냄새 나잖아요!"

무척 놀랐는지 쉬지도 않고 쏟아 놓는 딸의 말에 나 역시 많이 놀랐다. 할 말이 없다. 정신을 어디에 놓고 다니는지. 밖에 나가 있는 내내 물주전자는 하얗게 잊었다.

아침에 옥수수 물을 올려놓고는 얼추 물이 끓었으면 불을 끄고 나가려고 주방에 가 보니 물이 이제 막 끓기 시작했다. 조금만 더 끓여 옥수수 물이 노랗게 우러나오면 불을 꺼야지 하고는 일단 물이 더 끓을 동안에 나갈 채비를 했다. 그러고는 그냥 집을 나섰던 거였다.

주방에 가서 시꺼멓게 타 버린 주전자의 뚜껑을 열고 들여다보니 옥수수 알갱이가 숯처럼 까맣게 타서는 바닥에 눌러붙어 있다. 그때 아래층 안주인의 부주의를 흉봤었는데 내 자신에게도 이런 일이 일어날 수 있다는 게 충격이었다. 단 한 번도 일어나서는 안 될 일이다. 한동안 새까맣게 탄 옥수수 알갱이를 작은 비닐봉지에 담아 현관문 안쪽에 붙여 놓고 외출할 때마다 불에 탄 옥수수를 보면서 가스레인지를 확인하곤 했다.

그 후로 불 위에 음식을 올려놓고 외출하는 일은 절대 없고, 전화 통화를 한다든지, 컴퓨터를 한다든지 하는 일 역시 절대 하지 않는다. 부주의로 인한 사고는 나만의 일이 아니다. 아파트는 한 사람의 부주의로 대형 사고를 부를 수 있는 곳이기 때문이다.

우리 집 가스 안전은 주부인 내게 맡기고 가족들은 관심이 없었는데, 주전자를 태운 뒤로는 온 가족이 외출할 때나 잠들기 전에 중간 밸브와 안전 콕을 확인하고 있다. 가스 안전을 지키는 일은 하나보다는 둘이 낫고 둘보다는 온 가족이 지키는 게 낫다. 우리 집은 온 가족이 가스안전지킴이이다.

---

*가스안전체험수기 공모전 대상, 삼천리도시가스, 2007

호박김치

　겨울로 가는 길목, 겨울의 반양식인 김장을 맛있게 담기 위한 채비로 마음이 바빴다. 굵은 소금은 일찌감치 국산으로 한 자루 사다 간수를 빼 두고, 알이 단단한 육쪽마늘은 바람이 잘 통하는 베란다 벽에 걸어 두었다. 고춧가루는 친정어머니가 시골에서 고추 농사를 짓는다는 이웃 아주머니에게 색이 고운 태양초로 부탁해 준비했고, 새우젓은 소래 포구에서 연한 분홍빛을 띠고 뒷맛이 고소한 육젓으로 사 두었다. 끝으로 잊지 않고 마련하는 것이 있다. 청둥호박이라고도 불리는 늙은 호박이다. 해독작용과 이뇨작용이 뛰어나고 비타민 C, 카로틴, 칼륨, 레시틴이 풍부하게 들어 있다. 비타민제를 따로 챙겨 먹지 않아도 될 만큼 비타민이 듬뿍 들어 있어 감기 예방에 최고라고 하니 늙은 호박만큼 대견한 식품이 없다. 늙은 호박은 흔히 호박죽을 끓이지만 우리 집은 호박김치를 담근다.

아파트 입구에 쪼그려 앉아 손바닥만한 작은 보자기를 펼쳐 놓고 푸성귀를 파는 할머니가 계시다. 밭에서 직접 키웠다는 크기가 제각 각인 애호박과 가지, 팔려고 내놓기에는 몇 잎 되지 않는 호박잎은 덤으로 얹어 주신다. 정수리가 뜨거워지는 한여름이 지나고 가을이 오면 할머니가 거둬들인 누런 호박을 두어 개씩 내오시는데, 할머니 가 내놓은 늙은 호박을 사 두어야 마음이 놓인다. 언제인가 중국산 을 모르고 샀다가 반으로 가른 호박에서 금은보화가 아닌 애벌레가 쏟아져 나와 질겁했던 적이 있다. 늙은 호박을 잡아 주던 남편이 너 무 놀라 손에 쥐고 있던 칼을 내던지고 뒤로 물러앉으며 '다음부터 는 호박 잡아 달라는 말 하지 마라.' 며 볼멘소리를 했었다.

결혼을 해서 신랑과 시댁에 다니러 간 날, 난생처음 호박김치라는 걸 맛보았다. 늙은 호박으로 김치를 담근다는 이야기도 금시초문이 고 맛보기도 처음이었다. 큰형님은 김장 때 담근 호박김치가 마침 맞게 잘 익었다며 찌개를 끓여 저녁상을 차렸다. 신랑은 호박김치찌 개는 집안 대대로 이어오는 별미라며 늙은 호박을 하나 집어 밥 위 에 얹어 주었다. 찌개라고는 하지만 자작할 정도로 국물이 많지 않 은데 국물 없이 젓가락으로 집어 먹는 김치찌개라고 했다. 내게 호 박김치는 낯설기만 한데 시댁 식구들은 냄비 안으로 젓가락질이 바 쁘더니 순식간에 바닥을 드러냈다.

겨울이면 형님이 호박김치를 담가 챙겨 주셨다. 낯선 호박김치는 언제부터인지 남편보다 내가 더 좋아하는 김치가 되었고, 아이들까 지 포크에 호박을 찍어 주면 덩달아 신이 났다. 온 가족이 좋아하는 김치가 되고 보니 담그는 법을 배워 직접 하게 되었다.

주방 바닥에 신문지를 깔고 늙은 호박을 반으로 자르니 이슬 같은 작은 방울들이 그물에 매달려 있다. 숟가락으로 속을 깨끗하게 긁어내고 골을 따라 세로로 길게 잘라 껍질을 벗겨 냈다. 얼마나 단단한지 껍질 벗기는데 애를 먹었다. 껍질 벗긴 늙은 호박을 도톰하게 썰어 멸치 액젓에 절여 물기를 뺐다. 무도 도톰하게 잘라 소금에 절이고 무청과 우거지도 함께 절여 씻은 후 물기를 뺐다. 큰 그릇에 배추는 고갱이까지 알뜰하게 썰어 담고 무, 갓, 대파, 쪽파, 무청, 우거지, 여기에 늙은 호박을 넣고는 고춧가루, 새우젓, 마늘, 생강으로 양념해 버무렸더니 노란 호박이 어우러져 먹음직스럽다.

호박김치에 조상의 지혜가 담겨 있다.

김장 때, 집집이 담그는 김치가 다르지만 배추김치, 보쌈김치, 백김치, 동치미, 깍두기, 총각김치, 파김치, 갓김치 등 많은 양의 김치를 하다 보면 배추, 무는 물론 갓, 쪽파, 대파도 한 움큼씩 남게 된다. 싱싱한 무청이나 우거지도 많이 남는다. 김장을 다하고 뒷정리를 하다 보면 남은 채소가 고민이다. 그냥 두면 누렇게 변해 쓰임 없이 버려지기 때문이다. 그런데 우리 집은 고민하지 않는다. 남은 채소에 늙은 호박을 더하면 채소와 늙은 호박이 잘 어우러져 새로운 별미가 된다. 호박김치는 남은 채소를 활용하기에 김장하는 날 제일 마지막에 버무리게 되는데 늘 조상의 지혜에 감탄한다.

호박김치는 겨울 김치로 조각으로 썰어서 담는 쪽김치이다. 날것으로 먹는 김치가 아니고 찌개를 끓이는 허드레 김치인데 찌개용으로 따로 담가 두면 배추김치가 헤프지 않아 좋다. 호박김치 덕분에 겨우내 호박 맛을 즐길 수 있으니 그 또한 고마운 일이다.

호박김치가 맛있게 익었다. 냄비에 굵은 멸치를 대여섯 마리 깔고 호박김치를 얹고는 들기름을 둘러 줬다. 물을 잘박하게 부어 국물이 자작해질 때까지 끓였더니 호박 익는 냄새가 요란하다. 벌써 군침이 돈다. 늙은 호박의 단맛은 시원하고 개운한 맛이 그만이다. 맛있게 끓인 호박김치찌개를 식탁에 올렸다.

"와! 호박김치다."

냄비 안으로 남편과 아이들의 젓가락질이 바쁘더니 이내 바닥을 보였다. 어디선가 본 것 같은 낯익은 풍경에 웃음이 난다.

신혼 때, 형님이 호박김치를 담가 챙겨 주었던 것처럼 지금은 내가 호박김치를 담가 형제들과 나누고 있다. 호박김치를 버무릴 때면 냄비 안으로 젓가락질이 바쁘던 시댁 식구들의 얼굴이 떠오른다. 그래서 형제간의 정을 나눌 수 있고, 우리 가족의 건강을 지킬 수 있는, 대를 잇는 호박김치의 맛이 소중하다.

전체를 아우르는 멋이 있고, 한데 어울려 맛을 내며, 누군가에게 힘이 되어 주는 늙은 호박의 넉넉함이 좋다. 먹을수록 깊은 맛이 나는 호박김치가 참 좋다.

* 녹색식생활 수기 공모전 금상, 한국농수산식품유통공사, 2009

소비생활의 마침표

"여기 KBS 방송국인데요. 몇 년 전에 수영장 사고로 목 디스크 수술 받은 적 있으시죠?"

KBS 방송국 보도국에서 걸려온 전화다. 사고 당시 한국소비자원에 상담한 적이 있었는데 수소문해서 전화했다고 한다. 대구에서 16살 남학생과 30대 남자가 수영장에서 머리를 부딪쳐 전신마비가 되는 큰 사고가 있었단다. 수영장 안전에 대한 경각심을 주려고 뉴스에 방송하려는데 촬영에 응해 주실 수 있느냐고 묻는다.

가슴이 철렁 내려앉는다. 생각만으로도 진저리가 쳐진다. 목 디스크가 파열되어 고생을 했고 또 수영장 측의 안일한 태도에 마음을 다쳐 애먹었었다. 다친 마음을 들쑤셔 기억을 되살리고 싶지 않다. 생각하고 싶지 않은 일이다. 촬영에 응해야 하나 말아야 하나 잠시 고민을 했다. 그런데 16살, 자식 같은 아이가 전신마비로 누워 있다지 않은가. 머리만 내 것일 뿐 몸이 말을 듣지 않을 텐데, 아이가 얼마나 무서울까. 자식을 바라보는 부모 심정은 오죽할까. 앞으로는 이 같은 일이 생기지 않길 바라는 간절함으로 촬영에 응하기로 했다.

처음 수영을 시작한 건 두 아이를 낳고 자꾸 느는 체중 때문에 건강 염려로 가볍게 시작한 운동이었다. 그날은 우리 반이 물에 입수하는 '스타트'를 배우는 날이었다. 다이빙하듯이 포물선을 그리며 물에 뛰어들어야 하는데 회원들이 물 표면과 수평이 되게 뛰어드는 바람에 물에 부딪히는 마찰로 가슴, 배, 허벅지 통증을 호소했다. 강사는 상체를 최대한 숙여 물에 입수하는 법을 알려 주면서 물에 뛰어들자마자 고개를 들라고 했다. 고개를 들어야 한다는 생각은 그저 생각일 뿐이었다. 몸은 마음대로 되지 않았다. 물에 뛰어드는 순간 머리가 바닥에 쾅 하고 부딪혔다. 정신이 아득했다. 금세 정수리가 참외만큼 부풀어 올랐다. 머리에 이상이 있으면 어쩌나 하는 염려로 동네 병원에 들러 상담을 하니 구토 증상이 없으면 뇌에는 큰 이상이 없을 거라고 했다. 마음이 놓였다. 수영장에서 창피한 일화 하나 생긴 것으로 웃어넘기면 되었다.

그런데 며칠 지나지 않아 뒷목이 뻣뻣해지는 증상이 나타났다. 목을 찜질하면 나을 것 같았다. 하지만 뻣뻣해지는 증상은 오른쪽 어깨로 옮겨지더니 이내 팔을 타고 내려왔다. 형님은 내 이야기를 듣더니 깜짝 놀라며 얼른 큰 병원에 가 보란다. 시간을 지체하면 전신 마비가 올 수도 있다는 말에 더럭 겁이 났다. 당장 종합병원에 가서 MRI를 찍었다. 목 디스크 뼈가 오른쪽 신경을 눌러 오른팔을 쓰지 못하게 되는데 신경을 누른 정도가 심각하다고 했다. 수영장 바닥에 부딪히는 '충격'으로 5번, 6번 사이의 각도가 역으로 꺾어지면서 뼈 사이의 디스크가 '파열'되었다는 의사의 진단이다. 당장 수술을 해야 한단다. 그냥 놔두고 있다가 넘어지거나 부딪히는 제2의 충격으로 신경을 건드리면 전신마비가 될 수도 있다는 사태의 심각성을 알리는 의사의 설명에 주저앉아 울어 버렸다.

이제 겨우 36년을 살았을 뿐이다. 앞으로 살아가야 할 날이 많은데……. 수영을 배워 국가대표 선수로 나설 것도 아니었는데, 그저 건강할 때 건강을 챙기려고 가볍게 시작한 운동이었는데, 위험을 무릅쓰고 꼭 그 동작을 배워야 했는지. 나중에 알게 된 일이지만 1.2m 깊이의 수영장은 물에 입수하는 스타트를 할 수 있는 규격이 아니라고 했다. 시간을 되돌릴 수 있다면 얼마나 좋을까. 꿈이 깨길 바랐다.

외출도 하지 못한 채 천장만 보고 누워 가족의 수발을 받아야 했다. 통증은 24시간 계속되었다. 통증보다 더 무서운 건 손끝의 감각이 점점 사라지는 것이다. 결국 오른손에 마비가 와서 숟가락도 들지 못했다. 문제는 머리가 아닌 목이었다. 가볍게 여겼었는데 상태가 심각하다는 걸 몸으로 깨닫게 되었다.

수술이 잘못되어 전신마비가 된 어느 만화가의 기사가 머리에서 떠나지 않는다. '수술 받다가 신경을 건드리면 어쩌나.' 하는 걱정으로 가위에 눌려 잠조차 제대로 자지 못했다. 하루를 보내는 게 겁이 나고 무서웠다.

수영장에 전화했다. 수영장에서는 스타트 수업이 계속되고 있다는 친구의 말에 내 사정도 알려야 하고 다른 회원들도 위험한 스타트도 멈춰야 한다는 생각이 들었다. 그런데 수영장 측에서는 내 사고를 인정할 수 없다고 잘라 말했다. 내 말을 들어 보려는 마음조차 보이지 않았다. 수영장 운영에 누가 되는 사례를 만들지 않으려고 그들은 등을 보이고 돌아섰다. 회원의 건강 염려에는 전혀 관심이 없는 그들의 처사에 놀라지 않을 수 없었다. 평소에 디스크 증상이 있었던 거 아니냐? 사고가 났을 당시에 바로 마비 증상이 있었던 건 아니지 않나? 하며 받아들일 수 없다고 했다. 모르쇠로 일관하는 그들의 냉랭함에 서러움이 목까지 차올랐다. 사고가 난 후 며칠이 지나 증상이 나타나는 경우가 많다. 이는 상식적인 일이다. 회원의 건강을 염려하며 모든 일을 잘 처리해 줄 것으로 믿었는데 그것은 나만의 생각이었다.

나는 그들의 이해를 구하지 못한 채 수술대에 누웠다. 골반 뼈를 잘라내 목뼈에 고였다. 오랜 시간 누워만 있어 코끼리 피부처럼 변한 등, 툭 불거진 수술 자국이 슬프다. 수술이 잘된 것은 천만다행으로 감사할 일이다.

수술하고 퇴원을 했는데 수영장에서는 전화 한번 없었다. 없었던 일로 그냥 넘어가길 바랐을 터였다. 그들은 나를 단호하게 내친 것으로 이 일을 잊고 있을지 모른다. 내게는 인생이 달린 엄청난 사고였지만 그들에게는 떨어내고 싶은 골치 아픈 업무일 뿐이었다.

국제수영연맹 기준에는 출발대 부근의 물 깊이를 최소 1.35m로 규정하고 있지만, 우리나라에서는 기준이 없다고 한다. 사고가 난 수영장의 물 깊이가 1.2m로 얕았지만 우리나라에는 규정이 없다는 것으로 그들은 당당했다. 하지만, 회원의 사고를 모른 척하는 이 상황을 아무 일이 아닌 양 그냥 넘길 수 없었고, 소비자 주권도 쉽게 포기

할 수 없었다.

수영장은 백만 원의 배상책임보험에 들어 있다. 사업 활동에서 타인의 신체나 재물에 손해를 끼쳐 법률상의 손해배상책임을 져야 할 때 입은 손해를 메우는 보험이다. 퇴원하고 며칠이 지나 회복되지 않은 몸을 목 보호대에 의지하고 병원과 수영장을 오갔다. 수영장 사고 당시 디스크 파열로 생긴 증상이라는 증명서와 진단서, 사고경위서를 제출해 백만 원의 배상을 받게 되었다. 힘겹게 얻은 결과이다. 다친 몸과 마음은 돌이킬 수 없지만 어느 정도 위로가 되었다.

KBS 저녁 9시 뉴스를 한다. 기자가 마이크를 들고 우리 집에서 취재한 수영장 사고 소식을 전했다.

"경기도에 사는 주부 이모 씨는 출발 자세를 배우기 위해 물에 뛰어들다가 머리를 바닥에 부딪쳤습니다. 목에 이상이 생겨 목 디스크 수술까지 받아야 했습니다. 30대 남자와 16살 남학생이 같은 사고로 전신이 마비돼 넉 달째 입원 중입니다. 물 깊이가 국제 기준에 미달되는 수영장이 많아서 무심코 물속으로 뛰어들다가는 바닥에 부딪혀 부상을 당하기 쉽습니다. 이런 사고가 잇따르는데 출발대 부근의 물 깊이가 너무 얕다는 데 문제가 있습니다. 국제수영연맹 기준에는 출발대 부근의 물 깊이를 최소 1.35m로 규정하고 있지만, 우리나라에서는 기준이 없는 상태입니다. 이렇다 보니 1.35m가 안 되는 곳이 많습니다. 몇 십 센티미터쯤이야 하는 사이 수영장에서는 같은 사고가 이어지고 있습니다."

이 뉴스를 보고 시청자들이 수영장 안전사고에 대한 경각심을 가

졌으면 하는 바람이다. 더 이상 수영장에서 제2, 제3의 사고가 일어
나서는 절대 안 된다.

　소비자 주권을 찾는 일은 나를 위하고 우리 모두를 위하는 일이다.
억울한 사례가 되풀이되지 않게 하는 지름길이다. 자신들에게는 아
무 책임이 없다는 수영장 측의 큰 소리에 그만둘까도 생각했지만 그
들의 양심을 저버린 무책임한 말에 상처가 컸다. 그들의 밀쳐 내려
는 대응에 포기하지 않은 건 참 잘한 일이다.
　우리나라가 예전보다 많이 나아졌다고는 하나 잘못을 시인하고 양
심적으로 응해 주는 경우가 드물다. 울어야만 젖을 주는 게 우리네
현실이다. 이번 일을 겪으면서 나 자신이 소비자 주권을 찾지 않으
면 그 누구도 대신 찾아 주지 않는다는 걸 깨달았다. 앞으로도 소비
자 주권을 찾아가며 소비생활을 하려 한다.

* 소비자 주권 실현에 관한 체험 사례 공모전 은상, 한국소비자원, 2008

출산 · 양육 · 가족친화 슬로건

이 세상에 태어나 가장 잘한 일,

우리 아이들의 아빠, 엄마 된 일.

* 출산 · 양육 · 가족친화 슬로건 공모전 입상, 경기복지재단, 2010

평촌 신도시로 놀러 오세요!

이른 아침, 지저귀는 새소리에 눈을 떴다. 날이 맑아 앞 베란다로 보이는 수리산이 오늘 따라 더 가깝게 느껴진다. 주방 창문으로 모락산을 바라보며 아침 준비에 바쁘다. 남편과 아이들 아침 해 먹여 회사로 학교로 보내고 서둘러 여성회관으로 향한다.

여성들의 취미 생활과 지적 호기심을 충족시켜 주는 여성회관이 가까이 있어 조금만 부지런하면 양질의 수업을 받을 수 있다. 여성회관에서 퀼트, 컴퓨터, 홈패션을 배워 생활에 활용하고 있는데 요즘에는 한식 요리반에서 수업을 받고 있다. 다지고 볶고 여러 가지 나물을 얹은 비빔밥과 섭산적을 배웠다. 한식 수업을 마치면 사찰 요리를 배워 볼 생각이다.

수업이 끝나자마자 안양농수산물도매시장에 들렀다. 시장은 늘 활기차다. 농산물, 수산물, 축산물 등 장 볼거리가 참 많다. 산지에서 직접 올라와 싱싱하고 값이 저렴함은 두 말이 필요 없다. 그래서 도매시장에만 가면 싱싱함에 반해 욕심을 부리게 된다. 만 원 한 장으로 많은 장을 볼 수 있어 뿌듯하다.

농산물시장으로 들어서면 입구부터 과일이 풍성하고 온갖 과일 향에 기분이 좋아진다. 제철 과일을 값싸게 살 수 있어 좋다. 조금 더 안으로 들어가면 농산물 장이 있는데 다 둘러볼 수도 없을 만큼 너른 장이 펼쳐져 있다. 수산물시장으로 들어서면 싱싱한 회도 뜰 수 있고 꿈틀대는 산낙지, 게, 새우와 눈을 떴다 감았다 하는 신선도 최상의 생선이 참 많다. 건어물 가게와 젓갈 가게가 모여 있어 장보기가 편리하다.

집으로 돌아와 점심 식사하고 자전거 타고 자전거 길을 따라 공원한 바퀴 돌고 와도 좋고 잠깐 가까이에 있는 모락산에 올라 삼림욕을 하고 내려와도 좋다. 내려오는 길에 시원한 약수로 목을 축이면 세상 부러울 것이 없다. 어디에 서 있어도 산이 보일 정도로 가까이에 관악산, 청계산, 수리산, 모락산이 있어 아무 때나 가볍게 산을 찾는다. 그리고 아파트마다 꽃과 나무로 울타리를 쳐 놓아 삭막하지 않다. 거리마다 나무 그늘 아래 벤치가 있어 걸음을 멈추고 잠시 쉬어 갈 수도 있다.

가족들과 이른 저녁 식사를 하고 평촌아트홀 공연장으로 뮤지컬을 보러 달려간다. 평촌아트홀은 다양한 공연이 열리는 소중한 곳으로 상쾌한 아침 여유와 품격을 즐길 수 있는 아침음악회도 마련되어 있다. 멀리 다른 도시까지 나가지 않고도 문화생활을 즐길 수 있다.

평촌 신도시는 조용하고 아늑한 동네이다. 학원만 모여 있는 학원가가 있고 곳곳에 시설이 좋은 도서관이 있어 자녀들 공부시키기에 좋은 환경이다. 그래서 아이들 공부 때문에 이곳으로 이사 오는 집이 많다.

평촌 신도시는 사당동까지는 30분 거리에 있고 서울외곽순환도로와 영동고속도로가 인접해 있어 교통이 편리하다. 도로는 바둑판처럼 네모반듯해 길 찾기도 좋고 운전하기도 참 좋다. 그 외에 병원, 학교, 공원, 영화관, 체육관, 대형마트 등이 고루 갖춰져 있다.

오전에는 여성회관에서 지적 호기심을 채우고 안양농수산물도매시장에 들러 가족들의 식탁 건강을 챙기고 가까이에 있는 산에서 삼림욕도 잠시 하고 저녁에는 공연장을 찾아 문화생활을 즐길 수 있는, 이 모든 일이 평촌 신도시이기에 하루에 가능하지 않나 싶다. 오가는 길에 시간을 흘리지 않아도 되는, 시간을 두 배로 쓸 수 있는 알뜰살뜰한 동네이다.

이곳에 이사 오기 전 동네에는 시설이 부족한 게 많았다. '우리 동네에 공연장이 있었으면 좋겠다. 체육관이 있었으면 좋겠다.' 하는 아쉬움을 토로했는데 평촌 신도시에 이사 와서는 다른 동네를 부러워해 본 적이 없다.

우리 아파트에는 분양 받아 이사 와서 이곳이 좋아 10여 년 넘게 살고 있는 입주민이 많다. 평촌 신도시만큼 살기 좋은 동네가 또 있을까 싶다. 평촌 신도시는 주민들에게 최고의 만족을 주는 도시이다.

"살기 좋은 평촌 신도시로 놀러 오세요!"

---

* 제1회 수필공모전 우수작, 경기도시공사, 2007

이천쌀문화축제

이천쌀문화축제에 가 보고 싶다는 생각을 했었는데, 설봉공원에서 2011년 11월 3일부터 6일까지 4일간 '이천쌀문화축제'가 열린다는 소식이 들렸다.

2009년 임금님표 이천쌀 주부모니터 1기로 시작해 3기까지 3년째 이천과 인연을 맺고 있는데, 때마침 임금님표 이천 브랜드관리본부에서 주부모니터들의 유대 강화와 이천쌀문화축제 홍보를 위한 취지로 11월 4일 설봉공원에서 만남의 날 모임을 갖는다고 했다.

오전 11시, 설봉공원에 도착했다. 자연의 혜택과 인간의 노력으로 영그는 쌀을 수확하여 추수의 기쁨을 나누고자 이천쌀문화 잔치마당이 펼쳐진 곳이다. 푸르고 높은 가을 하늘에 쌀 축제를 알리는 광고 풍선이 우리를 반기고 이천 쌀밥의 구수한 밥 냄새가 더해져 고향에 온 기분이다.

브랜드관리본부 직원의 안내로 제일 먼저 이천시 쌀 홍보관에 들렸다. 이천쌀은 조선 성종 때부터 임금님 수라상에 올렸던 진상미로, 희다 못해 푸르기까지 하고 밥을 지으면 구수하고 윤기가 흐른다. '행포지'에 '이천 지역에서 생산된 쌀이 좋다.(産驪州利川之間者 爲良也)'라는 기록이 있고, 동국여지승람(조선 성종 때 지리역사책)에는 이천은 땅이 넓고 기름진 곳으로 밥맛 좋은 자채쌀을 생산하여 임금님께 진상하는 쌀의 명산지라고 했다.

홍보관에 전시된 우리나라 벼와 세계의 벼가 한눈에 들어온다. 쌀로 만든 가공식품이 다양하게 많았다. 이천쌀로 만든 쌀막걸리와 즉석밥, 튀기지 않고 구워 만든 후레이크가 상품화된 것은 익히 알고 있었지만 과자, 파운드케이크, 식혜, 현미식초, 쌀라면 등은 처음 알게 된 품목이다.

오랜만에 만나 반가운 주부모니터들과 단체사진을 찍고 풍년마당, 동화마당, 문화마당, 농경마당, 놀이마당, 기원마당, 쌀밥카페, 햅쌀장터 등 여덟 개의 마당을 한 곳씩 둘러보았다.

6개의 마당은 테마별로 다채로운 체험, 전시 프로그램으로 꾸며졌다. 벼 탈곡 체험과 모내기 체험을 하고 가마니 짜는 곳과 짚공예 경연장도 둘러보았다. 맷돌도 돌려보고 굴렁쇠도 굴린다. 소가 끄는 달구지에 앉아 쌀문화축제장을 둘러보는 유치원생들의 표정이 귀엽다. 얼굴에 새하얀 칠을 하고 마네킹처럼 전혀 움직임 없이 쌀막걸리를 따르는 시늉의 퍼포먼스가 웃음을 준다.

쌀밥카페 앞에는 사람들이 끝을 알 수 없는 긴 줄을 섰다. 어마어마하게 큰 '이천 명 가마솥'에 지은 이천 원 비빔밥 맛을 보려는 줄이다. 아기와 함께 온 할머니가 이천쌀밥 한 대접에 얼갈이 무침 얹어 고추장에 쓱쓱 비벼 맛있게 드신다. 아기도 맨밥을 끼고 앉아 열심히 숟가락질을 한다. 이천쌀밥은 맨밥만 먹어도 맛이 좋다.

상상을 초월하는 대형 가마솥에 밥을 짓는데 뚜껑이 너무 무거워 사람의 힘으로는 열지 못한다. 그래서 도르래를 이용해 가마솥 뚜껑을 열고 가마솥 옆으로 사람이 올라가 밥주걱이 아닌 삽으로 밥을 퍼 담는다. 그 모습이 장관이다. 화덕에 장작불을 지펴 이천쌀로 가장 맛있는 밥을 짓는 명인 선발의 '이천쌀밥명인전' 프로그램이 준비되어 있다. 불, 물, 시간 조절이 적절하게 잘 맞아야 가장 맛있는 밥이 된다.

동화마당에서는 이천쌀을 홍콩으로 수출하는 계약이 이루어졌다. 인도네시아, 러시아, 호주, 미국 내 시카고와 뉴욕에 이어 거대한 홍콩시장에 진출하게 된 뜻깊은 날, 명실공히 국내는 물론 세계 속의 이천쌀로 자리매김하길 바란다.

여덟 마당 중에 가장 인상적인 곳은 무지개 가래떡 만드는 햅쌀장터였다. 노란색, 쑥색, 보라색, 흰색, 분홍색으로 이어져 나오는 가래떡이 새색시처럼 곱다. 떡이 나오는 길을 사이에 두고 양옆으로 사람들이 길게 줄지어 섰다. 우리도 그들과 같이 줄을 섰다. 다섯 가지 색의 반죽이 순서를 지켜 가며 가래떡 뽑는 기계 안으로 들어가 색색의 가래떡을 뽑아낸다. 기계 안에서 나온 가래떡은 '첨벙!' 맑은 물통에 잠시 들어갔다가 탁자 위에 깔린 투명 비닐 위로 끊어지지 않게 한 줄로 길게 떡을 뽑았다. 뽑은 가래떡의 길이가 자그마치 600m나 된다니 그 수치만으로도 놀랍다.

이렇게 긴 가래떡을 만드는 데는 많은 사람들의 협동심이 필요하다. 햅쌀장터에서 무지개 가래떡을 지켜보던 사람들과 서로 가래떡을 나누어 맛을 봤다. 가래떡 역시 이천쌀밥처럼 맛이 구수하다. 우리는 이천쌀의 풍년을 만세 삼창으로 기원했다.

오랜만에 본 가래떡 뽑는 풍경에 어릴 적 엄마 따라 방앗간에 떡 뽑으러 가던 날이 떠오른다. 설 전날, 밤새 불린 쌀을 머리에 인 엄마를 따라 방앗간에 가면 벌써 가래떡을 뽑으려는 사람들과 쌀이 담긴 큰 대야들로 발 디딜 틈이 없었다. 설음식을 마련해야 하는 엄마는 마음이 바빠 쌀을 내게 맡기고 집으로 가셨고, 나는 순서를 기다려 가래떡을 뽑아 놓고 엄마를 기다렸다. 그날은 가래떡으로 배가 부르다. 앞서 가래떡을 뽑은 동네 아주머니들이 가래떡을 뚝 잘라 맛보라며 건네주시기 때문이다. 더운 김을 뿜어내며 떡을 뽑던 방앗간 모습이 정겹게 그려진다.

쌀 축제에서 벼가 쌀이 되는 과정을 볼 수 있었다. 자연의 보살핌 속에 볍씨를 파종하고, 모내기와 추수, 탈곡과 도정 과정을 거쳐야만 밥을 지을 수 있는 쌀이 된다.

먹거리의 바탕은 쌀이다. 쌀 축제를 돌아본 지금 쌀 한 톨이 귀히 여겨진다. 이천쌀문화축제는 남녀노소 누구나 볼 수 있는 볼거리가 많이 준비되어 있다. 그래서 유치원생부터 어르신까지 많은 사람들이 축제를 즐긴다. 다양한 프로그램으로 진행된 '제13회 이천쌀문화축제'는 도시인에게 고향을 선물했다. 앞으로도 이천쌀이 풍년 들기를 기원하며 내년에 열릴 '이천쌀문화축제'를 기대해 본다.

---

* 이천쌀문화축제 체험수기 우수상, 이천쌀문화축제추진위원회, 2011

해설

생활 수필의 진실성과 자아실현

김대규 (시인)

  이 『그들만의 이야기』는 이재숙의 첫 수필집이다. 인생 만사에 '첫' 자가 붙는 대상은 동종(同種)의 다른 것들과는 차별화된 중요성이 부가된다. 앞으로 이재숙이 문학 생활을 해 감에 있어 이 『그들만의 이야기』는 이정표의 출발 지점으로서의 의미가 갈수록 더욱 소중해질 것이다.

  어느 문학 장르보다 수필은 '나'의 이야기다. 그 이야기를 어떻게 펼치느냐에 문학작품으로서의 성패가 달려 있다.

  이 작품집의 원고를 읽고 내가 느낀 세 가지 요점은 체험의 진실성과 자아실현의 보람, 그리고 든든한 문장력이다. 따라서 나의 해설은 위의 세 가지에 대한 독후감이라 할 수 있겠다.

  도서실 나무 책상에는 명언이 많이 적혀 있다. 누군가가 자신에게 힘을 주고 싶어 적어 놓은 글이 그 자리를 거쳐 가는 무수히 많은 사람들에게 힘을 준다.

'개같이 공부해서 정승같이 놀자.' 라고 적힌 낙서에 웃음 지으며, 고단함 속에서 꿈을 꾸는 그들의 심정을 헤아려 본다.

밤 11시, 벨이 울린다. 도서관 문 닫을 시간이다. '오늘 걷지 않으면 내일 뛰어야 한다.' 는 도서실 책상 명언 하나 얻어 주섬주섬 책과 펜을 챙겨 도서관을 나선다. 뛰는 일은 영 자신이 없다. 그래서 나는 오늘을 걷는다.

—「도서관에서」에서

지금까지 시골 생활 한번 못해 본 내게 한드미 마을의 산촌 체험은 감동이다. 노랗게 익어 가는 호박, 너른 콩밭, 갑자기 풀숲에서 튀어나와 놀라게 하는 청개구리 그리고 빼놓을 수 없는 이장님의 재미있고 구수한 설명까지 무엇 하나 놓치고 싶지 않아 귀를 쫑긋 세우고 다녔다.

산촌 체험은 몸과 마음을 정화하고 재충전할 수 있는 힘이 되었다. 시멘트처럼 차가운 도시 생활에서 벗어나 잠깐이지만, 맑은 물을 마시고 시원한 바람 맞으며 지낸 건강한 하루였다. 청정한 농산물을 고집하고 자연친화적 삶을 실천하며 살아가는 마음 따뜻한 마을 사람들, 삼굿구이와 개울물이 그리워지면 다시 찾고 싶은 곳이다.

　－「한드미마을」에서

체험의 진실성을 거론하기에 앞서, 먼저 전제할 사항이 하나 있다. 작품의 어느 한 부분을 떼 내어 전체적인 감동을 전한다는 것은 불가능하다는 점이다. 몇 작품만 예거하더라도, 그 옛날 '한동네에서 서너 집을 옮겨 가며 살았는데, 무궁화나무집에 살던 때가 가장 많이 생각난다.'며 어린 시절을 수놓았던 애환을 더듬고, 성인이 되어 방문했을 때의 감회를 정겹게 펼쳐 낸 「무궁화나무집」, 「나를 키운 고향, 신길동」과 나이가 들고서 식품학, 식품위생학, 공중보건학, 식품위생법을 공부해서 시험에 통과하고 이어서 '한식 조리사'와 '양식 조리사'까지 자격증을 취득하는 「거저 얻어지는 것은 없다」, '음악의 마을'이라는 라디오 프로에 '나도 DJ'에 응모하여 청심환을 먹어 가며 방송했다는 「나도 DJ」, 중풍으로 몸이 불편하신 어머니를 가까스로 병원에 들러 안과 검사하고 안경점에서 안경을 맞춰 드린 후, 집에 돌아와 "애썼다."라는 한마디로 처음이자 마지막으로 당신의 심정을 표현했다는 「애썼다」 등, 전편을 읽어야 직접 체험의 진실성이 잔잔한 물결처럼 감동을 일으키는 작품들이 많다. 위에 예시한 「도서관에서」나 「한드미마을」 역시 그러한 류의 에세이다.

생활 수필의 묘체는 자전적 실화의 진솔함이다. 체험의 사실성에서 우러나는 진실함은 감동으로 이어지게 마련이다. 이재숙의 수필의 강점이 바로 여기에 있다. 두 번째 화두인 '자아실현' 이라는 덕목도 체험의 진실성에서 비롯된다.

한 달 뒤, 한식 조리사 합격 소식을 들었다. 그 후 양식 조리사 자격증도 취득했다. 조리사 자격증으로 음식점을 낼 계획이 아니었기에 자격증은 큰 의미가 없지만, 조리사 시험을 위해 음식 만들며 보낸 시간이 주방 일을 훨씬 수월하게 했다. 그동안 앓고 있던 속병을 날려 버릴 수 있어 그것으로 충분했다.

　－「거저 얻어지는 것은 없다」에서

그때는 왜 가랑이 사이로 하늘 볼 생각을 못하고 구름다리에 거꾸로 매달릴 생각만 했을까? 웃음이 나왔다. 법정 스님은 각도를 달리함으로 새로운 면과 아름다움을 찾아낼 수 있다고 했다. 상대를 바라볼 때 고정관념에서 벗어나 빈 마음과 열린 눈으로 본다면 시들함에 생기가 돈다고 했다. 초등학교 6학년 때 거꾸로 본 세상은 39년이 흐른 후 '거꾸로 보기' 글을 읽고 깨달음으로 정리가 되었다. 살아가면서 사람과의 관계에서 마음이 답답할 때 '거꾸로'를 떠올리려 한다. 거꾸로 보는 눈을 키워 상대의 처지를 생각하면 마음이 보드라워지고 이해의 폭이 넓어진다.

 ─「거꾸로」에서

 스튜디오를 나서는데 발이 개펄에 묻히는 것만 같았다. 내가 할 분량을 아무 사고 없이 끝마쳤다는 것이 고맙고, 새가 되어 하늘을 날아오를 것처

럼 마음이 홀가분했다. 잘하지는 못했지만 낯선 일에 도전한 용감한 하루
였다.

　　―「나도 DJ」에서

　이재숙의 수필은 체험의 진실성을 통한 인성 배양의 자기실현성이
주조를 이룬다. 이재숙은 '배움을 통해 나를 만들어 가는 즐거움은
계속될 것이다.'(「나를 만들어 가는 즐거움」)이라며 홈패션 강좌에,
수영 교습에, 포토샵 수업에, 향학열을 불사른다. 뿐만 아니다. 돼지
고기 웰빙 부위인 뒷다리 살, 안심, 등심을 이용한 'S라인 몸짱요리
콘테스트'에, 산촌마을 체험단 행사에, 인라인 마라톤 경기 응원단
에, 안숙선 명창의 판소리 공연에, 하다못해 올챙이 길러 보는 일에
열중한다. 도서관 출입은 기본이다.

그와 같은 참여와 도전의 실천 결과, 자아실현의 꿈이 자연스럽게 이룩된다. 이는 수필문학만이 가능케 하는 최선, 최상의 덕목으로서, 이를 훌륭히 완수해 낸 이재숙 수필이야말로 수필다운 수필이라 할 것이다.

마지막으로 문장력에 관한 얘기가 남아 있다. 일단 몇 단락의 예문을 보자.

옷깃을 여미게 하는 찬 공기가 시원하게 느껴진다. 가득 충전된 따뜻한 건전지처럼 마음이 넉넉해지고 훈훈하다. 하루 종일 배부르게 읽은 책과 내일을 향해 불을 지피는 사람들을 만난 덕분이다. 성큼성큼 걸음을 내딛으며 밤하늘을 올려다본다. 달과 별이 도서관을 나서는 사람들의 앞길을 환하게 비춰 준다.

－「도서관에서」에서

　무궁화나무집 사람들은 방을 얻는 대로 한 집씩 이사했다. 훗날 다시 만나
자는 언약도 없이 헤어졌다. '무궁화나무가 없으면 어떻게 놀지?' 염려하던
일곱 살 꼬마는 세월의 언덕을 넘어 무궁화나무보다 더 큰 어른이 되었다.
　베푸는 법을 가르쳐 준 무궁화나무, 무궁화나무와 함께했던 어린 시절이
그립기만하다.
　－「무궁화나무집」에서

　왜 그렇게 밥 때는 자주 돌아오는지, 아침 먹고 돌아앉으면 점심이고 점
심 먹고 돌아앉으면 저녁이다. 1년 열두 달, 하루에 3번 어김없이 스트레스
를 받는다. 내 딴에는 열심히 한다고 하는데 손맛이 나지 않는 걸 어쩌나.

손맛은 타고나는 것이지 만들어지는 것이 아니다. 별수 없는 노릇이다.

　－「거저 얻어지는 것은 없다」에서

　짧고 길기에 관계없이 문장들에 군더더기가 없다. 마치 소설 문장처럼 읽혀진다. 수필에 허구나 각종 수사기교가 불필요한 점을 감안해선 깔끔한 문장들이다. 요는 여기 예거한 문장뿐만 아니라 어느 작품 어느 단락을 보더라도 모두가 흠잡을 것이 없는 문맥들이다. 그만큼 수련의 세월을 보낸 결과겠지. 미뤄 생각해 본다.

　하기야 작품 여기저기에 '오뉴월 엿가락 늘어지듯 퇴근 시간이 점점 늦어지기 시작했다.' (「Mr. 노」), '비닐봉지에 담겨 손끝에 매달린 카스텔라의 추억 하나가 앞뒤로 오가며 그네를 탄다.' (「거꾸로」), '구름다리에 모였던 아이들이 자석에 따라붙는 쇳가루처럼 따라와 나를 지켜보았다.'(「거꾸로」), '수영장 물을 코로 넘겨 가며 '음·파·음·파' 하고 보낸 세월이 10년이다.'(「나를 만들어 가는 즐거움」), '날씨가 등 돌린 여자처럼 차디찬 새벽'(「도서관에서」)와 같은 묘사와 비유들이 문장에 표현미를 더해 주기도 한다.

이재숙의 문장들은 문법에 어긋남이 없고, 어법에도 거스르지 않는 건강한 문체라는데 특징이 있다. 문학의 먼 길을 충분히 걸어갈 든든한 문장력이다. 한 가지 조언을 하자면 유머감각의 여유로움과 위트의 반짝임이 더해진다면 금상첨화이겠다.

이 작품집에는 콩트도 몇 편 포함돼 있다. 이는 이재숙이 허구에 의한 창의력, 플롯에 대한 흥미의식, 그리고 장르를 넘나드는 문학적 재능의 소유자임이 자연스럽게 드러나는 대목이다.

모든 문학인에 있어 구현하기가 가장 힘든 것은 글과 사람과 삶이

삼위일체로 조화를 이루는 일이다. 나는 이재숙이 첫 수필집을 냄과 동시에 그 어려운 일의 기본 모형이 잘 갖춰져 있음에서 남다른 축의(祝意)를 지니게 된다.

대기만성의 정진을 당부, 기대한다.